W0469712

ERWIN STRITTMATTER

Wahre Geschichten aller Ard(t)

ERWIN
STRITTMATTER

Wahre Geschichten aller Ard(t)

Aus Tagebüchern

Aufbau-Verlag

Mit einem Nachwort von Eva Strittmatter

10. April 1967

In allen Zeitaltern mag es den um die wahre Kunst Besorgten so erschienen sein, als ob sie zerfalle. Denn zu allen Zeiten waren künstlerische Dilettanten am Werke, diesen Eindruck zu bestärken. Aber die Dilettanten gehen unter, schwimmen nicht auf dem Strom der Geschichte in künftige Zeiten hinein, und zu uns gelangen nur die Werke der wahren Künstler und machen uns glauben, daß jenes Zeitalter, in dem sie lebten, der Kunst *holder* gewesen sei.

15. April 1967

Der große Brief

Aus Moskau kam ein großer Brief, dreimal so groß wie ein normaler Brief, und als ich ihn in der Hand hielt, trieb ich meinen Scherz und sagte, so wehrt man sich gegen das Verlorengehen von Briefen. Sie müssen groß sein wie Holzklötze, die manche Hotel-Leitungen an Zimmerschlüssel hängen, damit die Gäste sie nicht spazieren schleppen.

Aber der große Brief hatte auch einen großen Inhalt: Der Chefredakteur der sowjetischen Romanzeitung teilte mit, daß „Ole Bienkopp“ in einer Auflage von zweieinhalb Millionen Exemplaren herausgegeben wurde. Darüber freute ich mich kindisch, und es machte mich glücklich: Nun werde ich also in der Sprache Tolstois zu so vielen Lesern reden.

18. April 1967

Der Bach

Durch die Wiesen vor meiner Arbeitsstube fließt der Bach. Er fließt und fließt, und das ist seine Arbeit. Auf die Arbeit und die Bestimmung der Fische kann er keine Rücksicht nehmen. Er muß fließen, doch er hat auch nichts dagegen, wenn die Fische ihn für ihre Arbeit benutzen, und er hat auch nichts dagegen, wenn wir Menschen ihn benutzen. Er läßt Gebrauch von sich machen, ohne jedoch dem Gesetz untreu zu werden, das ihm innewohnt: fließen, fließen, fließen.

25. April 1967

Der Star und sein Weib

Sie saßen auf dem Dachfirst, das Weib zwanzig Zentimeter von ihm entfernt. Er stellte die Kehlfedern auf, spreizte die Flügel, pfiff, knarrte und machte seine Knickse. Er machte seine Knickse nicht zu ihr hin, er machte seine Knickse in die Welt hinaus, er machte sie zu den anblühenden Kirschbäumen hin, er verschleuderte seine Kräfte.

Dieses Getu zur Welt hin langweilte das Starenweib, dieses *Seht, wie ich liebe, seht, seht, seht, wie ich liebe!* Die Starin war für Taten und trippelte seitlich auf dem First entlang und stieß den Starenmann, wie Menschen einander auffordern, mit der Schulter stoßen. Das Starenmännchen pfiff noch zwei Töne und sprang dann aufs hingehockte Weibchen, besorgte sein Liebesgeschäft, den Blick immer auf die anblühenden Kirschbäume gerichtet, und es sprang ab, und es pfiff schon wieder: Seht, seht, wie ich liebe, seht, seht, wie ich liebe!

Wie sachlich das Weibchen! Es flog zum Kasten, schlüpfte hinein, und man hörte es im Kasten rumoren, und man sah an den Halmen, die beim Schlupfloch herausstanden, daß es an der Wohnungseinrichtung arbeitete.

26. April 1967

Pflichtbesuch

Wir läuteten. Wir stellten fest, daß die Klingelleitung nicht funktionierte. Wir klopften, wir klopften wieder. Hinter der verglasten Tür wurde ein Vorhang weggezogen, die Tür wurde geöffnet, eine junge Frau, in dem: *Bitte, was wünschen Sie?* leise Empörung, Ablehnung, Verteidigung von Alleinseinwollen, von Ruhehabenwollen. Endlich erkannte uns die Frau im schummerigen Flur. Die Abweisung in ihrem Gesicht formte sich zu konventioneller Freundlichkeit um.

Wir versuchten zu ergründen, was die Frau getan hatte, als wir nachdrücklich klopften: Gelesen? Geschlafen? Hatte sie sich erst das blaue Sack-Kleid überziehen müssen?

Die Frau wird jetzt eifrig, sie versucht, die Zeit zu kürzen, in der wir uns in der Diele umsehen könnten. Wir werden halb und halb in die Wohnung geschoben. Zwei große Zimmer, die ineinander übergehen, eine Wiese aus Teppichen zwischen nüchternen Wänden.

Meine Frage, wie immer: Könntest du hier arbeiten? Flächen, Flächen, keine Ecke mit Schummer-Humus, auf dem Gedanken wachsen könnten.

Also könntest du hier nicht arbeiten. Hier ist eine Parade des Neueingerichtetseins. Bücher mehr als Draperie, eine Wand schreit: Wir haben auch ein Original in Öl.

Unsere Frage: Nun, wie fühlen Sie sich hier?

Die Antwort wird gegeben, es wird rückgefragt, hin und her, und zu anderem schwingt sich das Gespräch nicht auf. Es schwelt dahin, als ob ein Teppich glömme. Ein wenig Gesprächsstoff geben die Kinder noch her. Wissen Sie, der Junge ist immer so, und das Mädchen ist immer so.

Ach nein, aber weshalb denn?

Ja, wissen Sie, der Bub wog bei der Geburt zu wenig.

Ach nein!

Der Kaffee wird gebracht. Das Töchterchen will die Kognakbohnen, die dem Besuch vorgesetzt wurden. Es wird abgewehrt: Nein, nein! Klaps auf den Rock.

Das Töchterchen: Und manche Tage hatte ich drei davon.

He, he!

Blick auf die Uhr: Ja, wir müssen!

Ach schon?

Ja, die Kinder sind allein daheim.

Ach ja, die Kinder! Kein Widerspruch mehr. Danke für den Besuch.

Ach bitte, wir wollten nur sehen, wie Sie sich hier fühlen.

Oh, danke.

29. April 1967

Wunder des Wachsens

Die Sonne versprach gleich am Morgen, was sie aus dem Tag machen würde. Alle Zugvögel, die bis nun hier sind und ihre Liebeszeit feiern, dankten der Sonne. Der Sonne war es gleich, sie tat nichts als ihr Tagwerk, und sie tuts jeden Tag, wenn auch wir, die auf der Erdrinde umherkrabbelnden Menschlein, es zuweilen, von Erdausdünstungen behindert, nicht sehen.

Die Blüten der unedlen Pflaumen, hierzulande Kräkeln genannt, wagten sich weiter aus den Knospenhüllen. Am Spätnachmittag saßen schon einige der künftigen murmelgroßen Kräkeln als weiße Blumen auf den Baumzweigen. Diese Verwandlung der kleinen Höcker an den Zweigen – Knospen genannt – zu weißen Blumen, die Verwandlung der Blumen zu grünen Klümpchen – unreife Früchte genannt – und schließlich deren Verwandlung zu blauen, saftvollen, süßen Klümpchen, aus denen je wieder ein Kräkel-Baum entstehen kann, nehmen wir als etwas Selbstverständliches hin, und wir versehen den Vorgang mit der Bezeichnung Wachsen und Reifen und stoßen ihn nach dieser Beschilderung in die Menge alltäglicher Vorgänge, über die sich ein „normaler" Mensch nicht mehr wundert.

Aber ein Hauch von diesem Wunder, von dieser Verwandlung vor unseren Augen, wird wieder sichtbar, sobald wir den Vorgang mit einer Zeitraffer-Kamera auf Farbfilm aufnehmen.

Verführt das nicht zu dem Schluß, daß der Mensch, der der alltäglichen Wunder teilhaft werden will, außerhalb der Zeit Aufstellung nehmen muß?

30. April 1967

Fühlen und Aufzeichnen

Was ich fühlen soll, wird mir täglich beigebracht. Ich lese es, wenn ich in Zeitungen und Zeitschriften sehe. Ich höre es, wenn ich den Rundfunkempfänger einschalte. Ich sehe es, wenn ich den Televisor benutze.

Was ich wirklich fühle, weiß ich mal deutlich, mal undeutlich, aber was ich wirklich fühle, macht meine Eigenart aus. Wie kann ich von ihr künden, wenn ich nicht deutlich weiß, was ich fühle?

Also ists nötig, unbedingt und jederzeit klar zu wissen, was ich fühle, wenn meine Aufzeichnungen einmalig und eindringlich werden sollen.

1. Mai 1967

Bis jetzt kann ichs nicht fassen, daß ich einst nicht mehr sein soll, und dann werde ichs nicht fassen, daß ich sein soll.

Dieser Umstand läßt mich vermuten, daß ich stets bin und daß das Sein und das Nichtsein Illusionen sind, die mir meine Sinne vermitteln.

4. Mai 1967

Himmelfahrtstag

Himmelfahrtsverkehr, und an der Abfahrt nach Potsdam schießt ein sogenannter Krawallfahrer, sich die Vorfahrt erzwingend, auf die Landstraße Sechsundneunzig. Ein Trabantfahrer verlor durch diesen Überfall die Nerven und lenkt, statt zu bremsen, sein Wägelchen gegen die hohen Prellsteine. Der Wagen überschlägt sich seitlich. Aus fünfzig Meter Entfernung sieht alles aus wie eine Filmszene. Bis ich heran bin, sind schon alle Insassen, ein Mann, zwei Frauen und zwei Kinder, aus dem Wagen geklettert. Der Wagen liegt auf dem Dach, alle Scheiben sind zertrümmert, der Inhalt von Handtaschen und anderes Reisegepäck liegen auf der Straße. Der Mann hat schon wieder den Hut auf dem Kopf. Er trägt einen Ballon-Mantel, zupft an seiner Krawatte und zittert. Die Kinder heulen. Ich taste sie ab.

Tut euch was weh, habt ihr euch geschlagen? Schluchzen und immer wieder Schluchzen.

Tut euch was weh? frage ich weiter. Wo tut euch was weh?

Das Mädchen schüttelt den Kopf, aber der Junge schreits heraus: Es tut mir nischt weh, Onkel, aber unser scheenes neies Auto, drei Wochen fährts der Vater erscht.

Ein Verkehrspolizist kommt auf dem Motorrad. Ich halte ihn an, er übernimmt den FALL.

14. Mai 1967

Mit Stadtgästen am See

Als schon zwei Dutzend geistreiche Apercus gemacht waren, und als wir festgestellt hatten, daß wir dies oder das besser machen würden, als es gemacht wird, wenn wir regieren würden (wir wollen aber nicht regieren, weil es zuzeiten einträglicher für bissige Apercus ist, wenn wir nicht regieren), und als es noch zu früh für den Kaffee war, der uns aufs neue geistreich hätte machen können, spazierten wir an den See.

Unterwegs bewies der Mann der Gastfamilie, wie alle Männer, die mit Frauen und Kindern durch den Wald gehen, wieviel Bescheidwissen aus der Schuljungenzeit in ihm steckte, und daß man Kienäpfel zum Werfen benutzen kann, und daß man einst ein mittelmäßiger Erkletterer von Bäumen war, und daß man Harlekinsprünge für die Kinder (mit Blick auf den Beifall der Frauen) noch nicht verlernt hat.

Bei solchen Gelegenheiten befällt die Männer Lust, miteinander in jungenhaften Bewegungsdisziplinen zu wetteifern, ein bißchen *Junge im Wald* zu spielen. Selbst mich kostete es von Zeit zu Zeit einen Gedankenruck, dieser Anwandlung zu widerstehen.

Auf diese Weise gelangten wir, uns unterwegs immer wieder zu Varianten von Spaziergängergruppen paarend, an den See. Der städtische Besuch blähte dort konventionsgemäß die Nasenflügel, ohne indes allzu tief (der Mücken wegen) einzuatmen und etwas von *herrlich* oder so zu murmeln.

Es waren Dorfangler am See, und die hatten sogar ihre Frauen und Kinder mitgebracht, und das war neu, und die Frauen und Kinder trugen Sonntagskleider, hatten sich aber die Beine entblößt, und die Männer standen in Badehosen, und alles das war neu für dörfliche Verhältnisse.

Ich sprach mit den Männern über Ersatzteile für eine Elektrozaunweide, und sie zeigten mir ihre gefangenen Hechte, und einer der Männer klagte über den Pfingstsonntagsdienst, den er gehabt hatte, weil Waggons auf der Bahnstation angekommen waren, die Waggons hätten entleert werden müssen, um der Genossenschaft Standgelder zu ersparen.

Der städtische Besuch stand während dieser Zeit ein wenig abseits, ein bißchen mit der Haltung, als bespräche ich mit den Männern etwas auf Chinesisch, und daß dieses Gespräch ja mal zu Ende gehen müsse, schon aus Höflichkeit gegen die Besucher zu Ende gehen müßte.

Und es ging zu Ende, und wir gingen auf die gleiche Weise, wie wir an den See gegangen waren, heimwärts, wir tranken Kaffee und waren wieder geistreich, bis es zu dunkeln begann und die Gäste in die Stadt zurückfuhren.

1. Juni 1967

Guter Rat

Er hat ein bißchen was von einem Bären an sich:

Mitte Dreißig, zwei Zentner schwer, frisches Bauernjungen-Gesicht, die dicken Schenkel in lederbesetzte Reithosen gepreßt, die strammen Waden in Langschäfter gezwängt, tappender Gang. Arme und Hände verraten, auch in baumelnder Ruhestellung, daß ihre Funktion hauptsächlich das Zupacken ist. In den kleinen, schräggestellten Augen lacht es gern, doch sieht man ihnen an, daß hinter der Stirn auch Zorn und Wut wohnen. Er ist ein vorzüglicher Landwirt. Sein Betrieb führt jedes Jahr einen Millionengewinst ab. Ein großartiger Funktionär.

Sein Redestil ist ein merkwürdiges Gemisch von landwirtschaftlicher Fachsprache und Soldaten-Jargon, obwohl er einer Generation angehört, die mit dem Krieg kaum zu tun hatte, und obwohl er nie

Soldat war: Es muß klappen, klappen muß es, zack, zack! Im Kuhstall alles piko-bello. Die Milch marschiert. Futter große Klasse. Sollteste sehn, wie die Kühe das verkasematuckeln. Wenn die Koryphäen komm, haben se nischt zu meckern. Alles in Butter! Zack, zack, sind se wieder raus.

Wir besichtigen die *Shetländer* in der Waldkoppel. Er bestaunt die Fohlen. Große Klasse! Geschäft marschiert!

Ich erkläre ihm, das Verkaufen der Fohlen sei kein Geschäft für mich. Ich muß den Pfleger bezahlen, und was an Gewinst übrigbleibt, bekommt entweder die Genossenschaft für den Kulturfonds, oder ich stifte es für die Volkssolidarität. Vielleicht kommt meine Einnahme aus dem Buch, das ich eines Tages über die Shetländer schreiben werde.

Er horcht auf: Wenn du das geschrieben hast, is Schluß!

Ein richtiger Schriftsteller kann sich nicht zufriedengeben und zur Ruhe setzen.

Hast genug geschrieben und ne Masse Scherereien gehabt, das geht über die Nerven! Deine Bücher sind bald so, bald so ausgelegt worden, zack, zack, ist so ein Ding futsch. Aber ein Pferdebuch hat Bestand, piko-bello geschrieben, das lesen auch die Koryphäen. Wenn das Pony-Buch fertig ist, machst du Schluß, damit du noch was hast vom Leben!

Ich widerspreche nicht mehr. Er ist zufrieden, daß mich sein guter Rat nachdenklich gestimmt hat.

26. Juni 1967

Wo und wie ihr euch auch verstecken möget, dem Leben entgeht ihr nicht.

27. Juni 1967

Wer ihnen das Programm machte, wissen wir nicht. Wieso wir eine Sehenswürdigkeit in diesem Programm zu sein hatten, wissen wir auch nicht. Sie besuchten uns jedenfalls, die Wurmsers aus Paris. Wurmser ist so alt, wie Brecht es jetzt gewesen wäre. Ich habe nichts von ihm gelesen, er gewiß nichts von mir. Wir waren nicht durch Geschriebenes gegeneinander voreingenommen, voreingenommen nicht im guten und nicht im schlechten Sinne. Wurmser ist mit seinen achtundsechzig Jahren noch recht temperamentvoll. Beide Wurmsers (sie, die Schwester des französischen Schriftstellers Jean Cassou) gingen wie suchende Hühnerhunde im Wohnzimmer und in den anderen Räumen der Kate umher, und sie betrachteten die Bilder und waren beglückt, als sie Utrillo und Rousseau und Picasso und van Gogh neben unserem Naiven Paul Schultz-Liebisch fanden. Was sagen Ihre sowjetischen Schriftstellerfreunde zu den Bildern, wenn sie Sie besuchen? Wir hätten es den Wurmsers, die mit der sowjetischen Malerei arg verstritten zu sein schienen, sagen können. Ein Moskauer Kollege, der uns kurz zuvor besuchte, nannte die Bilder Kindergartenmalerei. Aber wir sagten es den Wurmsers nicht.

Bereits als Frau Wurmser-Cassou aus dem Auto stieg, war ich am Überlegen, wo ich sie gesehen hatte. Es stellte sich heraus: In Moskau auf dem Schriftstellerkongreß. Sie ist angetan von der Einrichtung unserer Kate, diese Einrichtung ist schlicht, aber mag sein, wenn man so mit den Augen des fremden, des zufälligen Besuchers hineinsieht, gewahrt man, was Eva da in Jahren mit Bilddrucken und Bildern, mit Gläsern, Büchern, Blumen und Gardinen gemacht hat. Dazu kommt die Großartigkeit, mit der Wiesenlandschaft und Baumgruppen das Häuschen umspielen und, durch die Fenster, bis in es hineinspielen.

Die Wurmsers schauen über das Wiesental und empfinden die Landschaft (wie auch wir oft) wie eine Bühnendekoration, nur für einen Akt, nur für eine Szene gedacht.

Dann kommt Eva mit einem thüringischen Holzkuchenschieber, bringt ein farbiges Frühstück. Große Tomaten, Eiersalat, Fisch, Käse, Bohnen. André Wurmser steht auf und singt die Marseillaise. Ob das nun geschmackvoll ist oder nicht, begeistert scheinen die Wurmsers zu sein.

Der restliche Tag vergeht damit, diesen „Einbruch“ aus einer anderen Welt einzuordnen. Ich reite noch ein Stück hinaus vor das Dorf. Es wird Abend, und die staubige Sonne versinkt in den Wäldern, sinkt in ein grünes Bad. Zwei Burschen ernten im Abenddämmer Sauerkirschen am Dorfausgang. Auf dem Hochsitz hocken die Jäger, hokken hoch überm schnittreifen Roggen. Aus dem Lautsprecher des Ferienlagers grölt es über die Felder, dort hocken Städter im Sommerurlaub und fühlen sich einsam, langweilen sich und holen sich den vertrauten Radau in die Einsamkeit.

6. Juli 1967

Alltag

Mit Herbert und Ilja zwei Fuhren Heu eingefahren und den Heurest der beiden großen Wiesen eingesetzt, das wird noch ein Fuder ergeben.

Ich bin matt und lustlos, habe wahrscheinlich zu niedrigen Blutdruck und nehme Medikamente.

Später sehe ich die Erzählungen durch, die ich in den letzten Monaten schrieb. Einige beginnen mir zu gefallen.

Die Korrekturfahnen für die Erzählung „Damals auf der Farm“ durchgesehen. Mit Iljas Hilfe das Bohnenstangengestell für den Knöterich an den Kaninchenställen verstärkt.

Ein Züchter aus Oranienburg kommt mit seiner Stute zum Hengst.

Am Abend sitze ich im Pferdestall und spiele Mundharmonika, um meine Mattheit und Apathie mit mechanischen Mitteln zu besiegen.

13. Juli 1967

In Weimar

Und wieder, wie fast jedes Jahr, sind wir in Weimar. Wir bummeln durch die Stadt, kaufen Kirschen, gehen ein Stück in den Park, so daß wir Goethes Gartenhaus aus den Bäumen schimmern sehen. Das Wasser der Ilm stinkt faulig und treibt zwischen Inseln von Wasserpflanzen dahin. Aber das Wasserrauschen und die Baumschatten söhnen uns aus.

In Weimar singen sogar die Amseln: Hier wohnten Schiller und Goethe.

Im untersten Stockwerk des Schlosses ist im Parkett der Schwamm ausgebrochen, so daß wir die Cranach-Gemälde nicht sehen können. Am Abend lese ich vor Teilnehmern am Germanisten-Hochschul-Ferienkurs, die aus vielen, vielen Ländern kommen, meine Erzählungen „Hasen über den Zaun“, „Die Cholera“, „Die Grotte“, „Im Taubenschlag“, „Schildläuse“ und „Der Tod meiner Fliege“. Den stärksten Eindruck scheint die Erzählung „Die Grotte“ zu hinterlassen.

Am nächsten Abend geht ein Gewitter nieder. Es regnet lange, und unten in einem der Säle des ELEFANT schrummt die Musik zum *Bergfest* der Kursisten. Die zufällig zusammengekommenen Dozenten aus verschiedenen Ländern geben kleine Gesangs- und Vortragsnummern, was jeder gerade so kann. Nachdem man vierundzwanzig Stunden hohe ästhetische Ansprüche an die Literatur stellte, gibt man sich nun mit Hausbackenem (im Hochzeitszeitungsstil) zufrieden: Nous dormirons ensemble, singt der kleine Chor der Franzosen (recht selbstgezimmert), und er erntet viel Beifall.

Wir gehen durch die von tausend Regentropfen durchlöcherte und erfrischte Abendluft im oberen Teil des Parks spazieren und sehen den vielen Wildkaninchen zu, die respektlos in den Blumen vor dem Liszt-Denkmal herumhoppeln, und der arme Liszt (von seinem Steinmeißler gezwungen) muß das alles ignorieren und nach Melodien Ausschau halten und in die Ferne starren.

Und der Goethe, wie nahe er doch die ganze Zeit der Frau von Stein wohnte! Man stellt sich da beim Lesen der entsprechenden Verlautbarungen stets lange Wegstrecken vor, die er zurücklegen mußte, wenn er sie besuchte. Aber eine Zeitlang, als Goethe in der Seifengasse wohnte, standen die Häuser der *platonisch Liebenden* Rücken an Rücken. Und auch später, als der Geheime Rat am Frauenplan wohnte, wars aus dem hinteren Pförtchen des Goethegärtchens nur ein Sprung zum Hause der von Stein.

13. Juli 1967

Blumenfrau und Beethoven

Das Seminar war ein hoher, grauer Bau, und es wurden Musikschüler darin unterrichtet, und jemand strich eine Violine: Klare Töne, etwas romantisch.

Über der Straße war ein kleiner Blumenladen. Es konnten nur vier Kunden drin stehen, und seine Decke war so niedrig, daß man sie hätte bei ausgestrecktem Arm mit der Hand berühren können. Eine alte Frau verkaufte dort Blumen. Sie hatte verkrümmte Beine, und ihre Füße wirkten wie die Wiegegestelle kleiner Holzpferde für Kinder.

Die Violine im Seminar wurde ohne Begleitung gespielt, und es mußte ein Schüler des Konservatoriums sein, der dort übte.

Die alte Blumenfrau hangelte sich vom Ladentisch zu den Blumenständern, und sie benutzte ihre Unterarme, um sich zu stützen, weil sie in den Händen immerfort Blumen hielt, die sie für die Kunden zu Sträußen ordnete.

Die Violine im Seminar schluchzte, drückte Schmerzen aus, die einen gefühlvollen Menschen zu Boden zwingen konnten.

Die alte Blumenfrau verzog den Mund, wenn sie sich vom Ladentisch weg zu den Blumenbündeln im Hintergrund schob. Aber wenn sie sich der Kundschaft wieder zuwandte, lächelte ihre Kaufmannsfreundlichkeit von einem Gesicht herunter, an dem nur noch die Lippen saftig und jung geblieben waren.

Den Violintönen, die aus dem Seminar herüberdrangen, war jetzt zu entnehmen, daß es sich um eine Sonate von Beethoven handelte. Ihre Töne vermischten sich mit dem Blütenduft der Winterlinden, der sich, bevor er von dannen geweht wurde, eine Weile unter den Kronen der Bäume aufhielt.

Die alte Frau paßte rote Nelken und Edelweißmargeriten zusammen und komponierte ihre Farben zu einem Strauß, und man wußte nicht, ob sie die Sonate hörte, und man konnte nicht erkennen, ob die Sonatentöne die Schmerzen der alten Frau vermehrten oder verminderten.

23. Juli 1967

Gartenzwergpony

Am Nachmittag ist es drückend heiß, und Eva und ich bringen die Stuten auf die Weide. Wir sitzen eine Weile am Waldrand, sehen den Stuten beim Grasen zu und genießen die Stille. Aber bald schon kommt ein Auto mit Pony-Besichtigern und dann noch eines. Es handelt sich um neureiche Berliner, sie wollen ein Ponyfohlen für die Tochter kaufen, die noch auf dem Arm getragen wird. Ponys sehen so niedlich aus. Sie wollen ein Ponyfohlen im Vorgarten halten, wahrscheinlich als Beistück zum Gartenzwerg, Ideal aus westdeutschen Familienmagazinen.

4. August 1967

Mein Vater und Graf Tolstoi

Im Bäckerladen des Vaters bezahlten Gutsarbeiter das Brot, das sie geholt hatten, am Monatsende, oder sie brachten ihr Deputatkorn und tauschten es für Brot ein. Oft bezahlten sie nicht, weil vielleicht ein Kleid für die Tochter gekauft oder die durchlöcherte Jungenhose des Sohnes ersetzt werden mußte. Dann gingen die Gutsarbeiter einen Monat lang zum Müller und holten dort ihr Brot und ließen es anschreiben, aber auch dort kam der Tag, an dem ihnen der Müller Bezahlung oder Ausgleich abverlangte. Dann mußten sie wieder in den Bäkkerladen um Brot. Und sie kamen dorthin wie die Sünder, und wenn es ein Regentag war, an dem sie einen Kartoffelsack als Kapuze und Mantel über ihre Köpfe und Schultern gestülpt hatten, und wenn ihnen meine Mutter das Brot verweigerte, so schien alle Traurigkeit der Welt auf einem Haufen versammelt zu sein. Erst begleichen, sagte die Mutter dann. Meist fing der Abgewiesene an zu flehen. Das Herz der Mutter war gütig, soweit das Herz einer Bäckerin gütig sein durfte. Der Regen tropfte als graue Brühe vom Sackmantel des Flehenden, und die Fliesen des Ladens bedeckten sich mit dunklen Tropfensternen, es war, als weinte der Flehende am ganzen Körper um Brot.

Vielleicht wars ein solcher Regentag und nach einem solchen Erlebnis im Laden, da ich das erste Buch von Tolstoi zu packen bekam und mich damit in eine der Dachkammern des Hauses verkroch. Ich las dort und las, und es trug sich so etwas wie eine Erleuchtung in mir zu, als ich im Nachwort vom Leben Tolstois erfuhr, und wie der auf seine Weise BEGLEICHUNG zu betreiben versuchte.

Am Abend saß ich wie ein Prophet zwischen meinen Geschwistern und erzählte ihnen, mit einem Seitenblick auf die Eltern, daß ich nun wüßte, was Begleichung sei, ich erzählte ihnen, wie Tolstoi BEGLEICHUNG betrieben hätte. Aber der Vater, der kleine muskulöse Mann in der mehligen Bäckerschürze mit den Teigresten in den Armhaaren, wies mich zurecht: Was sagst du, ein Graf war er, dieser, wie sagst du, Tolstoi? Ja, der konnte sich so Späße leisten.

6. August 1967

Redewendung

Gerhard kuckt mir sparsam an, sagt Herbert.

4. September 1967

Hirschfriedhof

Die beiden Jäger verglichen die Schärfe ihrer Jagdmesser, und das Messer des älteren Jägers war schärfer. Er setzte die Schneide an den Leib des toten Hirsches, drückte ein wenig und zog es durchs graubraune Fell. Die Haut platzte sofort, denn der Leib des Hirsches war gedunsen, sie platzte wie die Samenschoten des Springkrautes, und das Fleisch des Hirsches wurde sichtbar, und es war verhalten rosa wie das Fleisch einer Zuckermelone.

Der ältere der Jäger hatte den Hirsch am Freitag angeschossen. Lungensteckschuß. Der Hirsch, ein Zehnender, mußte noch lange gelebt haben, denn nun wars Montagmorgen. Ich hatte ihn am Sonntag gegen Abend auf einem Ritt durch die Buchenwälder am Rande eines Moores gefunden. Der Hirsch lag da, als hätte er sich zum Schlafen hingelegt, und bis ich vor ihm stand, hatte ich immer damit gerechnet, daß er aufspringen und davonrasen würde.

Die Augen des toten Hirsches waren geöffnet und starrten. Es gab nur eine pfenniggroße Einschußstelle an seinem Leib, und der Hirsch hatte sich auf diese kleine Wunde gelegt, um sie zu kühlen, und er war nicht mehr hochgekommen.

Die Jäger sagten, sie hätten den angeschossenen Hirsch gesucht, da er aber offenbar keinen Schweiß (Blut) verloren habe, hätten ihn nicht einmal die Hunde gefunden.

Von den Blättern der Buchen tropfte der niedergegangene Nebel, es standen farbige Pilze umher und frohes, nässeblankes Gras. Aber das alles interessierte die Jäger nicht. Sie sahen nur das Geweih des Hirsches und die zehn Enden und das noch frisch wirkende Eingeweide – und das alles füllte ihre Augen und ihre Gedanken.

Ich ritt davon und dachte daran, daß ich an dieser Stelle, zu der nur selten Waldarbeiter kommen, schon den dritten verendeten Hirsch gefunden hatte. Einmal wars eine Hirschkuh, es war Winter, Schnee lag, und sie war an einem Herzschuß verendet. Vom zweiten Hirsch fand ich nur das Gerippe, und es mußte, wie die Rückenwirbel auswiesen, ein mächtiger Hirsch gewesen sein. Und dieser hier, den die Jäger aufschnitten, war der dritte Hirsch, den ich in diesem Winkel gefunden hatte.

Es war ein Gefühl in mir, das an Stolz grenzte, weil ich einen Winkel wußte, in den sich die Hirsche flüchteten, um unbelästigt sterben zu können, und es machte mich ein wenig glücklich, weil es mir mehr und mehr gelang, absichtslos durch die Wälder zu ziehen und doch wach zu sein für alles Einmalige.

10. September 1967

Pilze und Kolonien

Jedes Jahr in der Pilzzeit packt mich das Sammelfieber. Als Junge ging ich mit dem Großvater auf Pilzsuche. Der Großvater sammelte auch madige Pilze, sie wurden aufgeschnitten und auf Holzschiebern ausgebreitet, und wenn die Sonne auf die Pilzscheiben schien, verließen die Maden, so schnell sie konnten, ihre Gehäuse, fielen von den Schiebern und in den Schuppenmulm. Wir essen sie ja nicht, sagte der Großvater. Er hielt die Pilzmaden auch nicht für schädlich, sie waren lebendig gewordene Pilze.

Aufkäufer der Pilze war ein Gemischtwarenhändler in der Kreisstadt. Der Gemischtwarenhändler war ein ehemaliger Kolonialsoldat, und er war stets ein wenig betrunken. Schon beim zehnten Satz war er bei den „geliebten deutschen Kolonien" in „Deutsch-Südwest-Afrika". Daß wir uns die haben abnehmen lassen, eine Schande, schimpfte er. Und schuld daran wären nach seiner Meinung die Sozialdemokraten.

Der Großvater war Sozialdemokrat, mein Vater war Sozialdemokrat, also war auch ich, der Enkel, Sozialdemokrat und fühlte mich schuldig am Verlust der deutschen Kolonien in Südwest-Afrika. Aber der Großvater tröstete mich: Mußte dir nischt draus machen aus den seine verlorenen Kolonien, Hauptsache, er nimmt die Pilze.

12. September 1967

Leere

Die Luft prallt gegen seine Stirn, sie fährt in seine Lungen ein, sie fährt aus seinen Lungen aus, ohne eine Botschaft, ohne eine Erkenntnis zurückzulassen. Seine geistigen Antennen scheinen verwelkt zu sein wie Staubgefäße in sterbenden Blüten. Von der Stundenkette des Tages wird er mitgezogen wie die leere Lore einer Seilbahn, und es ist nur die

Hoffnung da, oder ist es ein glosendes Gefühl von Gewißheit, daß sich dort, wo er nicht hinreicht, etwas zurechtmacht, und es gibt Augenblicke, in denen er neugierig auf das ist, was sich insgeheim in ihm verknäuelte und bald sichtbar werden müßte. Und diese Augenblicke sinds wohl, die ihn bestimmen, dem Leben nicht aufzusagen.

26. September 1967

Moskau

Ich habe immer noch ein wenig Herzklopfen, wenn ich in diese Stadt fahre, in der sich Europa und Asien mischen. Herzklopfen wie vor der Tür einer Geliebten, bevor ich eintrete.

Ganz anders verhalten sich die jungen Schriftsteller, die mit uns ankamen. Sie nehmen alles hin in einer Haltung, die der Berliner schnurzig nennt. Ihr Gesichtsausdruck besagt, uns kann nichts imponieren. Oder tun sie nur so?

Bei Tolstois

Na, da hat *Leochen,* wie ihn seine Frau in Briefen an Verwandte und Bekannte nannte, sich mächtig stark machen müssen, wenn er in der Dunkelheit seines Moskauer Stadthauses etwas hat zustande bringen wollen! Diese jetzt schon im Frühherbst so dunklen Räume dürften in den kurzen Moskauer Wintertagen auch mit den Petroleumlampen nicht über eine bessere Art von Dämmerung hinausgekommen sein.

Die Erklärerin, mit hohem Busenbug, so an die dreißig Jahre alt, streng und humorlos wie eine Lehrerin aus alten Zeiten, teilte uns mit, Leo habe in seinem Arbeitszimmerchen, das neben den achtzehn Wohn- und Schlafzimmern des Hauses wie ein unbedeutendes Nebengelaß wirkt, hundertachtzig Werke verfaßt, nicht zuletzt seinen großen Roman „Auferstehung". Da sind wohl seine Denkschriften und Volkserzählungen mitgerechnet worden. Denn am besten schrieb Leo doch, das weiß jeder, der was vom Fach versteht, in Jasnaja Poljana. Vorstellen kann man sich allerdings, daß Leo in dieser bedrückenden Finsternis seine pessimistische Abhandlung über die Kunst, insbesondere seine Ausfälle gegen die Musik, schrieb.

Aber die Erklärerin läßt solche Mutmaßungen eines Hergelaufenen nicht zu. Der schwarze Flügel in einer dunklen Zimmerecke reißt sie zu der Bemerkung hin, daß Tolstoi auch ein guter Komponist gewesen sei. Also nicht nur Stiefel, die man in einem Glaskasten bewundern kann, sondern auch seine Musik machte er sich selber, und als er siebzig Jahre alt war, fertigte er sich im Garten sogar seine eigene Eislaufbahn an, links hinter der Hundehütte, und dort lief er Schlittschuh. Der Kammerdiener, der über zehn Jahre im Hause tätig war, durfte also den ganzen Tag seinen strammen Schnurrbart drehen, weil Leo alles selber machte. Da fällt Goethe, wenn man den Erklärungen der Museumswächterin glauben darf, natürlich mächtig ab. Denn der hat sich sogar hin und wieder Gedichte von seinen Kammerdienern anfertigen lassen.

Imponierend die mächtigen Kachelöfen, die von den Korridoren her geheizt wurden. Man darf jedenfalls das beruhigende Gefühl haben, daß es in diesem dunklen Hause nicht auch noch kalt war. Wer hackte das Holz? Wer fuhr das Wasser morgens in Zubern für den Betrieb heran? Natürlich Tolstoi selber. Allerdings, das Holzhacken verschweigt die Erklärerin. Vielleicht hat sie das Gefühl, daß eine so profane Tätigkeit dem schriftstellerischen Werk Tolstois, besonders bei den ausländischen Besuchern, Abbruch tun könnte. (Aber hatten die Amerikaner nicht auch einen Thoreau?) Dafür wird erwähnt, daß Leo zuweilen den Gästen die Tür öffnete. Hoffentlich war nicht die Schlafmützigkeit der Diener oder des übrigen Hauspersonals der Grund dafür, denn man kann sich vorstellen, wie leicht und gerne es sich in diesem verdämmerten Hause schlief.

Aber die Stadtfiliale von Jasnaja Poljana war auch nicht bestimmt, für Tolstois Wohlbefinden oder seine gute Arbeitsstimmung dazusein. Sie diente dazu, den Tolstoi-Kindern den Genuß des großstädtischen Schulunterrichts und die Teilnahme an den Festlichkeiten der Moskauer Gesellschaft zu verschaffen.

Jetzt im nachhinein wird aber nicht mehr gefragt, wie nützlich und wohltuend der Schulunterricht und die Moskauer Festlichkeiten für Tolstois Nachkommen waren, sondern man fragt nach dem, was der Alte (unter Knurren und Murren) in Moskau literarisch produzierte.

30. September 1967

Sieg einer Landschaft

Die Nacht war mild, und die Zikaden sangen, und als sie damit aufhörten, wurde es Morgen, oder weil es Morgen wurde, hörten sie damit auf.

Der Ärger erwacht zugleich mit mir, ich liege bis acht Uhr, und der Zorn über den verfehlten Urlaub steigert sich. Ich weigere mich, einen Blick aus dem Fenster zu tun, und denke, denke an mein „verlorenes“ Schulzenhof.

Die mit meiner Existenz geplagte Eva schüttet allen Optimismus, alle Fürsorge aus, so daß ich langsam ein schlechtes Gewissen bekomme. Ich stehe auf, mein erster Blick gilt nicht der Landschaft, sondern dem Schreibtisch im Nebenzimmer. Es liegt Sonne drauf, und von unten aus der Stadt krähen viele, viele Hähne. Ich werde wohl doch schreiben können, ja, ich werde schreiben können, denke ich.

Dann sehe ich zum Fenster hinaus. Drunten glitzert das Meer, die Landschaft unternimmt einen Generalangriff auf meine böse Laune.

Die Berge sind nah, aber doch hinter einer bläulichen Lasur meerwassergefärbter Luft. Die Sonne steigt höher, erst ist sie wie ein Klumpen glühenden Eisens, dann nimmt sie die Farbe von Messing an. Der Wind fegt und fächelt, die Wolken bewegen sich wie zusammengeknüllte Papierballen auf blauem Hintergrund. Die Zypressen verneigen sich, und die harten Blätter der Fächerpalmen rascheln.

Jetzt erst entdecke ich, daß jedes unserer Zimmer eine bedachte und mit Korbstühlen und Korbtischen ausgestattete Veranda hat, sogar eine Liegestatt ist dort, und das Balkongitter ist von großblättrigen Weinreben umrankt. Das große Licht vom Himmel her wird von den Weinblättern filtriert und bringt es zu einem Spiel verschiedener Gelbs und Grüns, zu Farben, die mich erheitern, und da bin ich besiegt, setze mich an den Tisch und fange an zu schreiben.

2. Oktober 1967

Das Schiff

Es liegt ein Schiff im Hafen, ein weißes Schiff, ein Schloß. Viele Menschen gehen an Bord. Man sieht bunte Kleider, bunte Männerhemden, bunt wie Blumen. Man sieht tausend verschiedene Gesichter, in denen das Leben bildhauerisch gearbeitet hat. Aber auf jedem Gesicht spiegelt sich über den Fältchen und Falten ein Lächeln oder ein Lachen. Es soll auf Fahrt gehen! Alsbald aber verschwinden verschiedene Gesichter hinter Sonnenbrillen, Foto-Apparaten und Ferngläsern.

Das Schiff wird für drei Stunden die Wohnung dieser Menschen sein, eine Wohnung, die minütlich ihren Standort wechselt. Das Schiff wechselt den Ort, und das Wasser unter ihm wechselt den Ort – also schwebt das weiße Schloß planetengleich im Raum.

Intellektuelle aus Moskau und sonstwoher werfen sich, Zufriedenheit im Gesicht, in die Liegestühle. Sie scheinen endlich den Ort gefunden zu haben, an dem sie mit Genuß ihre Zeitung lesen können. Andere wandern umher, sich zu überzeugen, ob Möglichkeiten vorhanden sind, Hunger und Durst zu vertreiben, falls die während der Fahrt auf sie eindringen sollten. Noch andere fangen sogleich ein Gespräch über LAGEN an: Die Lage in der Literatur; die Lage in der Außenpolitik oder die Lage auf dem Obstmarkt.

Es sind viele deutsche Urlauber an Bord, auch

Kinder sind da. Die Kinder gewöhnen sich rasch daran, vom Wasser getragen zu sein, und dann wollen sie wissen, woraus das besteht, was sie über das Wasser trägt. Eine Frau weist einen Knaben ein: Sieh doch die schönen Berge dort hinten; sieh doch das weiße, sieh doch das graue Zarenschloß!

Der Fünfjährige hat keine Augen für die Zarenschlösser; er will die Lampe, die an einem Gestell am Heck befestigt ist, untersuchen. Er will, er will ... und der Mann, der ihm dabei behilflich sein möchte, erhält von der Mutter des Knaben den Verweis: Nein, nein, nein, man darf nicht auf seine Wünsche eingehen! Und die Mutter versucht die Aufmerksamkeit des Jungen weiterhin auf die Kisten von Zarenschlössern zu lenken.

Mir ist, als führe ich in eine bunte Postkarte hinein. Man kann diese Postkarte aber nicht mit der Bemerkung weglegen: Ein bißchen übertrieben wohl – oder? Man bleibt drin in dieser kolorierten Postkarte, denn man ist auf einem Schiff; es sei denn, man spränge ins Wasser und sähe von einem Meter unter Wasser auf die Farben, die kein schmeichelndes Gemälde sind, sondern einer wirklichen Landschaft zugehören. Es packt mich das Verlangen, an den leisblauen Bergen und am dunkelblauen Geglitzer des Meeres zu kratzen und nachzusehen, ob nicht doch weiße Leinwand dahinter steckt. Und wenn die dunkle Frauenstimme aus dem Schiffslautsprecher klingt oder wenn von dorther Gitarrengezupf zu hören ist, so wähnt man, Zuschauer in einer Farbfilmvorführung zu sein.

Ein Schmetterling, ein Kohlweißling, kommt die Kilometer vom Land herüber, weil er die Menschenkleider für Blumen hält. Er umgaukelt die bunten Stoffe der Frauenblusen und ist verwirrt von den vielerlei Parfums, ohne jedoch Vertrauen genug aufzubringen, sich niederzulassen. Schließlich gewahrt er die gierigen Möwen am Heck, und es ist, als ob er den Kopf einzöge, wenn er wieder dem verläßlicheren Lande zufliegt.

Die Möwen folgen der Wasserfurche des Schiffes wie die Krähen der Furche des Ackerers. Fische, die in den Strudel der Schiffsschraube gerieten und mit verräterisch weißen Bäuchen hinauftaumeln, werden von den Möwen gepackt. Und jeder Fisch, der in diesem Zustand aus der Tiefe auftaucht, verursacht ein Gefitz von Möwenschreien, denn es werden mehr Möwenaugen über das Wasser getragen, als hochgestrudelte Fische vorhanden sind.

Wenn man den Möwen eine Weile zusieht, erkennt man, daß sie verschiedene Gesichter haben, und daß sie alle so aussehen sollen, „als ob sie Emma hießen“, ist eine grobe Vergroßstädterung. Man sieht zum Beispiel eine, die, um ihren Fisch zu kriegen, untertaucht. Sie kriegt ihren Fisch dennoch nicht, aber ihr Gefieder ist naß, und die Flügel sind nicht mehr ganz flugtüchtig. Sie bleibt zurück, bleibt eine Weile in der Schiffsfurche liegen und sieht enttäuscht zu den anderen herauf. In einigen Minuten aber ist sie wieder heran und mischt sich in den Schwarm. Aber ich kenne sie heraus, und ich nenne sie: die Taucherin.

Das Schiffsheck verwandelt sich zu einem Rummelplatz. Die Zeitungsleser werden aus ihren Buchstaben-Steppen gescheucht. Die Deutschen haben das Schiff untersucht und tauschen ihre Erfahrungen aus, und sie meinen, daß auf dem *Goane* noch dies und das verbessert werden könnte. Leute, die nichts mit sich anzufangen wissen, mischen sich neugierig in die Gruppen der Witzchenerzähler.

Die Sonne brennt. Mittag ist überschritten. Manche der *Kreuzfahrer* setzen sich zwei Sonnenbrillen auf, eine über die andere; manche machen sich Papierhüte und kleine Sonnenschutzdächer für die Nasen. Sie machen sie aus den gelesenen Zeitungen. Noch andere setzen sich die leichten, aus feiner Schafwolle gewebten, abchasischen Hirtenhüte auf. (Das Stück zwei Rubel am Kiosk!) Einer tippt an seinen Hut: Den nähm ich for Lottchen mit. Andenken von dr Grimm!

Jeder fotografiert jeden: Fritze halde moal schdille!

Schließlich landen wir wieder. Die Kreuzfahrt ist beendet. Die Passagiere aus der Seestadt Leipzig beurteilen die Landemanöver mit besonderer Sachkenntnis.

Wie die Menschen am Morgen auf das Schiff hinaufdrängten, so drängen sie jetzt hinunter. Nur, daß sie um drei Stunden älter sind. Seekrank – bei mir, da hat sich nischt abjespielt, läßt uns ein Berliner wissen.

Das Rinnsal aus „Seefahrern" fließt in den vorüberziehenden Menschenstrom auf dem Korso ein.

Lang, weiß und unangerührt, ohne Ahnung, weshalb es Menschen um die Südspitze der Krim herumfuhr, liegt das Schiff. Ein weißes Schiff, ein Schloß von einem Schiff.

4. Oktober 1967

Fischerboote und Krähen

Es dunkelt, kleine Fischerboote und ein großes Vergnügungsschiff kehren heim, und bevor sie in den Hafen fahren, ist die Dämmerung so herangereift, daß man Licht auf den Fahrzeugen macht, und das sieht aus, als ob sie viele Augen aufreißen, um genauer sehen zu können, wohin sie fahren. Manche der kleineren Schiffe schälen sich aus dem graublauen Dunst, der nun über dem Meer liegt, als entstünden sie in Urzeugung aus dem Nichts.

Auch die Krähen kommen angemüdet und mit trägen Schwingenschlägen von den Hügeln herunter, wo sie tagsüber in den Weinbergen das Ihre finden. Sie fliegen der grummelnden Stadt drunten am Strand zu, wo sie in den hohen Parkbäumen, den Zypressen, Pinien und Zirbelkiefern, übernachten. Manchmal fliegt die eine oder die andere spätabends im elektrischen Flutlicht beim Klang der Lautsprecher, die Menschenstimmen zu Götterstimmen umtäuschen, von Baum zu Baum, vielleicht, weil der großgezerrte Menschengesang den Zweig erzittern machte, auf dem sie saß.

7. Oktober 1967

Der unvergleichliche Garten

Der Botanische Garten mit seinen Aussichten aufs Meer, auf seine Buchten und die darin eingelagerten flimmernden und gleißenden Stadtteile von Jalta, wird mir zu einem der lieblichsten Plätze, die ich je in meinem Leben hatte. Von Schrifttafeln, die neben den Wurzeln der Pflanzen in der Erde stecken, als wären sie mitgewachsen, werden wir belehrt, daß eine gladiolenartige hohe Pflanze Canna heißt. Man hat den Cannas viele Farben in die Blüten gezüchtet und gab diesen Farben dann Unternamen und häufig die Namen von Menschen, die sich um die Gesellschaft verdient machten. Eine heißt zum Beispiel Valentina Tereschkowa. Diese Art von Ehrung erscheint mir menschlicher als die durch in Stein gehauene Götzenbilder. Sie ist still, diese Ehrung, und wird unaufdringlich in Parks und Gärten betrieben und schreit einen nicht auf Plätzen und in Straßen an: He, du, ich habe für dich das zu sein, was unten auf meinem Sockel geschrieben steht. Also ehre mich!

Wir sehen uns Zedern und verschiedene Arten von Taxus an (oder heißt die Mehrzahl Taxen?), wir sehen sie uns so genau an, daß wir sie wiedererkennen dürften, wenn sie uns je in der Welt nochmals begegnen sollten.

Mir fällt auf, wie die Menschen auf verschiedene Arten von Rosen reagieren. Manchen ist mit der Farbe, die sie tragen, nicht gedient. Sie sind erst zufrieden, wenn sie den Unternamen der Rose gelesen und vor sich, meist laut, hergesagt haben. Für sie sind Menschen erst Menschen und eine Rosenart ist erst eine Rosenart, wenn das schriftlich ausgewiesen wird.

Manche gehen durch die Rosenrabatten und schütteln den Kopf, als wollten sie sagen: Wozu die vielen Arten, wofür soll das gut sein?

Eine dicke Dame steckt ihre Nase in den Napf voll farbiger Blütenblätter, reckt dabei die Arme nach hinten, um im Gleichgewicht zu bleiben, verdreht beim Einatmen die Augen und gibt sich nur mit den Duftstärken der Rosenarten ab.

Eine Frau, sehe ich, geht für sich allein, eine etwa fünfzigjährige Frau mit einem ernsten, fast bösen Gesicht, aber hin und wieder tritt sie an einen Rosenstrauch heran, lächelt den Blüten zu und spricht sogar ein paar zärtliche Worte zu ihnen wie zu Kindern. Und dann tritt sie weg vom Strauch, und ihr Gesicht wird wieder ernst, fast böse, und niemand kann mehr erkennen, daß da eine Frau geht, die soeben mit einer Rose sprach.

An einem anderen Tag sind wir, vier Omnibusstationen von der Stadt entfernt, wieder im Botanischen Garten. Wir wollen uns des Gefühls vergewissern, hier einen der schönsten Plätze gefunden zu haben, an denen unser Leben vorbeikam.

Aber ach, wie naiv sind wir doch immer noch, und wir tun so, als wüßten wir nicht, daß nichts auf der Welt, besonders das Schöne, wiederholbar ist.

Es ist nicht die gleiche Sonne oben im Garten,

denn die heutige gibt sich mit dampfgrauen Wolken ab, ordnet sie, wie eine vielbeschäftigte Hausfrau Kopfkissen ordnet, und lächelt nur wie nebenbei zurück, wenn wir lange genug auf sie hinschauen. Wir treffen auf einen Menschen, dem die eigenwilligen Zedern und die uns Menschen um ein vielfaches überlebenden Sequoien nichts zu sagen haben. Und die Blumen sind für diesen Menschen nur insoweit interessant, als sie, abgeschnitten, gebündelt und in Zellophantüten überreicht, ihm helfen, einem anderen Menschen seine Sympathie auszudrücken, weil er sie selber nicht übermitteln kann.

Beim vorigen Besuch des Botanischen Gartens klangen auf jener Bank, von der aus man aufs Meer und die Stadt sieht wie auf ein russisches Neapel oder Capri, Evas Gedichte auf, in Worten eingefangene Töne, die sie in Schulzenhof im Wiesental gesammelt hat. Zum Beispiel das Wort ALTSOMMERZWIRN. Ein Wort, aus dem die Vorherbsttage der Heimat aufleben.

Nie sah ich Blütenblätter von Rosen solcher Art, wie sie nach Jalta hinein blühen. Man könnte sie mit *unwirklich* bezeichnen, wie manches andere hier, wenn damit etwas bezeichnet wäre. Es liegt ein metallischer Glanz auf diesen Rosenblättern, von dem man nicht weiß, ob sie ihn aus dem Erdgemisch von Lehm und Ton oder vom Meeresbrodem oder aus der Poliermaschine der Seewinde erhalten. Man denkt an Sebnitz oder Neustadt daheim, an die Rosen aus Folie von dort, und kann den Vergleich hinwiederum nicht gelten lassen, denn der Glanz ist feiner als der aus Maschinenpressen stammende Folienglanz. Reden wir also von jetzt ab vom Jaltaglanz der Rosenblütenblätter, wenn wir von einem besonderen Glanz reden.

7. Oktober 1967

Abends auf einer Bank

Wir sitzen auf einer Bank, und die Spätabendluft ist lau und trocken, so lau und trocken, wie sie daheim nicht einmal die hochsommerlichsten Juliabende zu liefern imstande sind. Und jetzt ist Oktober.

Da ist ein großer Baum, ahornartig. Er benimmt sich durch sein Laub, das allen anderen Bäumen voraus und schon im Herbst ist, im Flutlicht so auffällig, daß wir ihn immer wieder betrachten, auch verhalten bewundern müssen. Man weiß von Frauen, die sich ähnlich auffällig verhalten, aber was will der Baum von uns?

Da sind Gebüsche am Rande des Platzes, die den Anruf des elektrischen Flutlichts mit so schwarzen Schatten hinter sich beantworten, daß man glauben muß, dort seien Höhleneingänge, und aus diesen Höhlen treten Menschen auf die große Bühne, die der Platz ist, Menschen, in bunte, industriemäßig hergestellte Stoffe und Gewebe gehüllt, die jetzt mit den fülligen Farben der Volkskunst und des Handwerks konkurrieren können.

Aber die Hauptsache bleiben die Menschengesichter. Doch in keinem kann man lange genug weilen, um ihr Woher und Wohin im Geistigen ablesen zu können. Allzu viele sind auch damit beschäftigt, sich über nichtige oder uns nicht erkennbare Anlässe zu freuen und ihr wahres Aussehen mit Feiertagsmienen zu verhängen. Da gebrichts unserem Schauen noch an Schärfe und Unbeirrbarkeit. Und am schwersten wirds, aus Gesichtern etwas zu erfahren, wenn sie sich uns innerhalb von Gruppen bieten. Gesichter in Gruppen korrespondieren in der Regel so eifrig miteinander, daß es Mühe macht, unter dem, was von Gesicht zu Gesicht hergeht, das Leitgesicht einer Gruppe auszumachen.

Aber hier ist der Platz, um in dieser Hinsicht etwas zu lernen und weiter vorzudringen in die Seelenlandschaften, die Gesichter sind.

Und dann diese Schachtel, die dreimal so groß ist wie eine deutsche Feldscheune, Kursaal steht überm Eingang geschrieben. Aber das ist ein Synonym für Bonbonniere, eine bunt belichterte Riesenschachtel, die mit sitzenden, schwatzenden und tanzenden Menschen gefüllt ist. Ganze Familien mit Kindern und Katern und mit einer Kapelle, deren Musiker einander im Gestrüpp eines Tangos schlecht zu finden wissen. Neonröhren schießen mit Knallrot und Giftgrün und Himbeereis-Farbe aufeinander los wie Kanonen aus feindlichen Farblagern.

Obwohl keine animierenden Getränke, kein Wodka, kein Gebräu aus Gerste und Hopfen, ausgeschenkt werden, sind die Gäste fröhlich. Sie bezahlen die Erlaubnis, in die dreifeldscheunengroße Halle einzutreten, selbst eingedickte Ehepaare lächeln beim Geschiebe und Geschabe durch das Tangogestrüpp und lächeln einander voller Erinnerung an die Jugend vor Jahren zu. Kein Gesicht in der ganzen großen Halle, das da in Keilschrift die Absicht ausdrücken würde, sein Träger wünsche seinem Nächsten etwas Böses oder möchte es ihm antun. Und man lächelt mit, denn hier hat aller Ästhetizismus zu schweigen!

8. Oktober 1967

Der Clown

Wir gehen ein zweites Mal in den Zirkus, um uns die Arbeit eines noch unbekannten Clowns näher anzusehen, die Mittel, mit denen er seine Fabeln mimisch erzählt.

Lowa hat nicht geruht, bis er uns, mit einem Zirkuswissenschaftler verpaart, als Ehrengäste in eine Loge gepflanzt hat, und das ist meinem Vorhaben eher hinderlich als förderlich.

Der Clown kommt also herein. Er trägt eine salopp gebundene Künstlerschlips-Schleife und hat eine in die Größe gezüchtete kamelfarbene Mütze auf dem Kopf. Er hat keine Maske gemacht, nicht das geringste Knöllchen deformierenden Maskenkitts an seiner Nase. Er kommt herein wie ein Straßenpassant, den das Air des Zirkus angezogen hat, er kommt von der Zuschauertribüne, steigt, begeistert vom Geschehen in der Manege, über den Pistenrand und wird in die rotierenden Akrobaten- und Tiernummern hineingerissen. Er hat keine Wahl mehr, er muß mitmachen. Er wird hinter die roten Vorhänge des Aufsitzraumes geschleudert, und dort belädt man ihn, so scheint es, mit einem schwarzen schweren Koffer und schubst ihn damit wieder zurück.

Jetzt aber ist die Manege leer. Der Clown sieht sich eintausendvierhundertundachtundneunzig Menschen gegenüber, die erbarmungslos etwas von ihm erwarten. Er kann sich nicht auf die überzüchtete Mütze berufen, die rettet ihn nicht, denn sie ist nichts als groß. Aber im Aufsitzraum scheint er zudem in ein Paar viel zu großer Schuhe gefallen zu sein, und die entdeckt er jetzt als etwas ihm völlig Ungemäßes. Er muß was mit ihnen anfangen oder davonrennen. Uns ist es, als ob wir die Geburt des DUMMEN AUGUST, die sich ehemals im Zirkus Renz zutrug, ein zweites Mal erleben.

Der Clown, er heißt Lew Ussatschow, stellt den schweren Koffer ab und entspringt den großen Schuhen mit einem Hüpfer. Das Publikum lacht. Der Clown fühlt sich gereizt, das Lachen aus tausend Mündern ein zweites Mal hervorzuzaubern. Er springt wieder in die Schuhe hinein. Seine Füße sind wie Kaninchen, die in den Schuhhöhlen Schutz vor dem Gelächter des Publikums suchen.

Der Clown schleudert den rechten Schuh hoch, läßt ihn sich einige Male überschlagen und schlüpft mit dem Fuß wieder hinein, noch ehe der die Sägespäne der Manege erreicht hat. Und weil das so gut geht, versucht er es auch mit dem anderen Schuh, und als auch das gelingt, spielt er sich fort und beteiligt mit verschmitzten Blicken die Leute am Gelingen des Vorgangs.

Aber jeder Trick, auch der lustigste, verträgt nur eine bestimmte Anzahl von Wiederholungen, sonst verwelkt er unter den Augen der Zuschauer. Der Clown scheint es zu wissen. Natürlich weiß er es, aber er macht uns glauben, daß ihm diese Erkenntnis jetzt eben in der Manege geworden ist. Er läßt die Schuhe Schuhe und so groß sein, wie sie wollen. Aber was bleibt ihm nun in der Manege, die zu einer Wüste wird, wenn man allein drinsteht, und die Piste ist ein roter Hexenring, der einen von den anderen Menschen trennt; ein einsam gemachtes Exemplar der Gattung Mensch im Okular eines Riesenmikroskops, in das mehr als tausend Menschen erwartungsvoll hineinstarren.

Der schwarze schwere Koffer ist das einzige, was Ussatschow geblieben ist, nachdem die Requisiteure die abgespielten Schuhe hinausgetragen haben. Er klammert sich an diesen Koffer, und der Koffer verrät ihm, daß er ausziehbar und eigentlich ein Schreibtisch ist, und dem Clown fällt ein, daß er, wenn schon ein Schreibtisch da ist, einen Angestellten spielen kann, der morgens in sein Büro kommt und sich auf die „Arbeit" vorbereitet. Nicht einmal gewaschen hat sich der Büroschlingel daheim. Er ist gezwungen – das Publikum erwartet es fast –, in seinem abgelegten Rock einen Wasserbehälter zu finden. Und da wäscht er sich prustend und ausgiebig, denn hier im Büro wird ihm die Waschzeit, wie das Publikum weiß, vom Staat aus Steuergeldern der Bürger bezahlt.

Sodann vollzieht der Clown das Ritual der vom Staate bezahlten Kaffeepause, ehe er noch eine Arbeit anpackt. Aus dem Frühstücksbrot werden im Munde des Clowns unverdaubare kleine Zelluloidbälle, die er ausspeit, die ihm aber wieder und wieder in den Mund zurückfallen, was eine seltsame Jongleurnummer ergibt, zumal die Zelluloidbälle Ussatschow in das Brillengestell fahren, das sich als gläserlos erweist. Eine Redensart – ER HAT TOMATEN AUF DEN AUGEN – ist Wirklichkeit geworden. Der Bürokrat ist wohlvorbereitet für seine Arbeit.

Sie wird auf einer riesigen Löschwiege, stehend, mit vielen Kaffeetassen und Untertassen, mit Löffeln und Zuckerstücken umständlich wie alle Bürokraten-Arbeit ausgeführt.

Was macht diesen Clown Ussatschow so sympathisch? Er entdeckt und entlarvt das Mittelmäßige am menschlichen Verhalten; er entdeckt es mit uns gemeinsam; er fordert uns mit naiven oder verschmitzten Blicken heraus, an seinen Entdeckungen teilzunehmen. Er ruft das Schöpferische in uns auf.

9. Oktober 1967

Auf den Hügeln

Spaziergang zu den Hügeln hinter dem Heim, die mit Häusern bepflanzt sind. Einstöckige Häuser. Man hat sie in die Hügelnischen gezwängt, ihre Blumengärtchen und die weinbelaubten Veranden wetteifern miteinander. Die Trauben an den Veranden werden nicht gepflückt, man überläßt sie den Wespen und Sperlingen, und das wirkt abergläubisch auf mich.

Schleierwolken kräuseln sich bis zu den Häusern an den Hängen nieder und besprühen die Häuser und besprühen mich mit Nebelnässe, und dann fallen die dickeren Wolken von weiter oben her mit wirklichem Regen ein, und jeder Tropfen dringt mir wie eine Reißzwecke aus Nässe durch Hose und Hemd.

Viele Leute, vor allem wohl die Männer, die Hausväter, schlafen nachts draußen. Es stehen eiserne Bettgestelle auf den Veranden oder in einer Nische der engen Höfe. Gern würd ich wissen, was oder woran die Männer denken, wenn sie sich zur Nachtruhe legen. Atmen sie eine Weile im Rhythmus der Meeresbrandung, die man bis hier oben hört? Haben sie bestimmte Sterne, auf die sie vor dem Einschlafen eine Weile sehen? Oder schließen sie die Augen und lassen sich von den Zikaden einsingen? Jetzt stehen die grün, braun, auch silbern gestrichenen Ruhlagergestelle entbettet im Regen, der wohl nie so beharrlich ist, daß man die Nachtlager, bevor es Winter ist, ins Haus nehmen muß.

Mein vom Regen unangefochtenes Gehen und Gehen wird belohnt: Die Düfte der noch blühenden Blumen und Sträucher steigen nicht steil in die Höhe wie an Sonnentagen, sie drehen sich arbeitslos und geruhsam auf der Stelle. Insekten sind nicht unterwegs, deren Witterungsorgane sie erreichen müßten, sie überlassen sich, sozusagen gezwungenermaßen, den Menschennasen. Mit dem Menschendank für diese Vergünstigung wissen sie freilich nichts anzufangen.

Je mehr es der zweiten Nachmittagsstunde und der ortsüblichen Essenszeit zugeht, desto mehr beherrschen andere Düfte die Umgebung der Häuser: Fische sind mit Hilfe von Menschenbeinen in die Berge gestiegen, sie sind in den Häusern zugekehrt, und jetzt werden sie gebraten, und jede Fischart verströmt dabei, nicht anders als die verschiedenen Blumen beim Blühen, ihren arteigenen Geruch, und diese Düfte wirken ähnlich auf die Menschen wie die Düfte der Blumen auf die Insekten.

10. Oktober 1967

Die Jacke

Lowas Jacke ist aus Velveton, und sie ist dunkelbraun, und ihre Ränder sind leis mit Kunstleder eingefaßt. Er kaufte sie sich vor einigen Jahren, als er bei uns zu Besuch war. Seither sehen wir diese Jacke immer dort, wo Lowa ist: In der Brechtfeier in Moskau, im Fernsehsender in Tbilissi, am Strand von Suchumi und natürlich auch auf dem Korso von Jalta. Die eingetrockneten Suppenflecke wechseln auf ihr den Standort je nach den Mahlzeiten, die irgendwelchen Feierlichkeiten vorausgingen. Jede ihrer Taschen ist ein kleiner Basar. Sie enthalten zum Beispiel Briefe, die Lowa in den letzten acht Tagen erhielt, und sie leben dort in den Taschen zerknüllt, aber griffbereit, damit sie jederzeit verfügbar sind, um Gespräche kommentieren zu helfen. In den Taschen sind auch sämtliche europäischen Parteizeitungen zu finden. Brauchst du Eukalyptusbonbons – in Lowas Jackentaschen wirst du sie finden. Brummt dir der Schädel – in Lowas Jackentaschen wirst du eine Kopfschmerztablette finden. Brauchst du Kleingeld für den Omnibus, bediene dich, in Lowas Jackentasche findest du es. Aber unterbrich seine einzigartigen Gespräche nicht.

Gestern trug Lowa zu dieser Jacke ein gestärktes weißes Hemd. Der oberste Knopf des Hemdes war seiner Funktion enthoben, und der Knoten des neuen Schlipses, den wir mitgebracht hatten, hing in mittlerer Brusthöhe. Ist etwas passiert? Nichts war passiert. Lowa hatte sich einen Spielfilm, einen französischen Spielfilm über Schönheitsoperationen, angesehen, weil man ihm gesagt hatte, daß man den zwar in Jalta, nicht aber in Moskau aufführen würde.

10. Oktober 1967

Mein Weltspiegel

Zwischen den großen, täglich ein wenig gelber werdenden Blättern des Weinstocks am Geländer meiner Veranda gibts Ausblicke auf das Meer, und das Meer spiegelt die fast stündlich wechselnden Stimmungen des Himmels. Durch die Weinblattzwischenräume sehe ich einen erheblichen Teil der Welt. Manchmal liegt ein Rußflöckchen auf dem Spiegel, wenn ich morgens das erste Mal hineinsehe. Ein Schiff, das weit draußen auf dem Meere liegt. Wie kams in meinen Spiegel? Es scheint still zu stehen, aber an den Weinblätterzacken meines Spiegelrahmens sehe ich ab, daß sich das Rußflöckchenschiff doch bewegt. Es ist weit draußen, und sein Kapitän weiß nicht, daß er durch meinen Weltspiegel fährt.

11. Oktober 1967

Ein Tagesablauf in Jalta

Lowa will uns die Bergwälder zeigen. Ich hab nicht viel Lust, Wälder zu sehen, die mir Lowa zeigen muß. Die Taxe rast auf gewundener Straße zu vierhundert Metern Berghöhe hinauf. Der in wenigen Minuten wechselnde Luftdruck bekommt mir nicht. Übelkeit, Brechreiz, Angstgefühl, und ich fange an zu schwitzen.

Gefäßkrämpfe, konstatiert Lowa und zieht ein

Röhrchen mit Valocordin aus seinen unerschöpflichen Jackentaschen. Unter die Zunge legen, dran saugen, dann ausspucken, befiehlt er. Er will uns die Herbstwälder erklären, da kennt er keine Gnade.

Ich sauge an der Tablette unter der Zunge, aber wo soll ich hinspucken? An einer Art Tiergarten, einer Sammlung jagdbarer Tierarten, die auf der Krim vorkommen, lasse ich mich absetzen. Eva und Lowa fahren weiter bergan. Die Wälder müssen erklärt werden.

In dem Tiergärtlein finde ich Hirsche, Rehe, Wildschweine, Füchse und anderes Getier der Krimwälder, wohlgemästet und gepflegt, hinter Drahtgittern, und ein Stück weiter in einem kleinen Haus in der Nähe, das sich Museum nennt, finde ich die gleichen Tierarten, ausgestopft und auf Brettern befestigt. Ein TIER-ECHO denke ich. Die beiden Einrichtungen sind wie ein zweifaches Echo der Tiere, die frei in den Bergen leben, aber wer hört sich Musik mit Genuß an, die über ein zweifaches Echo zu ihm dringt?

Nachmittags Sergej Lwow, unser Tischnachbar, bei uns in der Heimstube zu Gast. Er ist Journalist, schreibt Feuilletons, wohl auch Geschichten und Bücher populärwissenschaftlichen Inhalts. Er spricht gut deutsch und weiß amüsant und pointiert zu erzählen. Hin und wieder sprechen wir bei Tisch über das Machen, besonders über das Machen von wirklichen Erlebnissen zu lesbaren Geschichten, die etwas mehr (vor allem Allgemeineres) aussagen als die Erlebnisse selber.

Er erzählt uns von Paustowski. Er war schon als Oberschüler Teilnehmer an einem literarischen Zirkel, den Paustowski leitete. Sergej Lwows erstes Buch enthält die Jugenderlebnisse mit Paustowski. Paustowski mochte das Buch nicht, gesteht Sergej uns ein.

Wir wohnen übrigens in den Zimmern, die Paustowski sonst bewohnte.

Abends (mit Eva) hinunter auf den Korso. Kühler Wind fällt vom ausgemondeten Nachthimmel, kein Klima für Menschengewimmel, und doch sind noch soviel Menschen drunten auf den Söllern, an denen sich die Wellen brechen, daß sie für ein außerordentliches Nachtleben in den Straßen Berlins reichen würden. Manche Männer gehen schon in Mänteln, doch sie tragen ihre Plastestrohhüte dazu, die so viele und so große Löcher haben wie Edamer Käse.

Die unentwegten Schachspieler auf den Bänken in den Anlagen halten ihre Stellung in Mänteln. Manchmal gehen sie zwischen zwei Zügen um die Bank oder einen Baum herum, immer mit dem Blick auf den Gegenspieler.

An einer Stelle werden Bücher verlost. Die Glückstrommel dreht sich, gerollte Papierchen wirbeln in ihr umher, Papierchen wie die Seelen von Strickgarnröllchen. Die Leute ziehen Lose, gewinnen Bücher. Sie könnten sie kaufen nach freier Wahl, aber die Leute wollen Bücher, vom Glück ausgewählt.

Die Zypressen werden zu Scherenschnitten, die Zikaden singen, ich sehe die Zikaden nicht. An den

Berghängen flimmern die Lichter. Ich sitze auf dem Grunde eines schwarzen Talkessels, die Lichter an seinen Rändern flimmern und singen wie Zikaden.

Ich gehe auf dem Korso umher, die Menschen sehen mich nicht, sie wissen nicht, daß morgen aufgeschrieben sein wird, wie ich sie sehe.

Eine Palme steht auf dem Korso. Ich lehne mich an die Palme, wir sind beide fremd hier. Ich kann fortgehen, sie muß bleiben.

12. Oktober 1967

Wein und Gedichte

Zwei Hühner mußten ihre Schenkel für die vier Kiewer Koteletts hergeben, die wir essen, genau genommen zweieinhalb Hühner. (Fünf Menschen aus zwei Ländern, deren Regierungen vor fünfundzwanzig Jahren bis auf den Tod, im wahrsten Sinne des Wortes, verfeindet waren, finden beieinander so viele Gemeinsamkeiten, daß es, wäre es nach ihnen gegangen, nie hätte zu diesem Krieg kommen müssen. Jetzt versichert man einander – beschämt auf unserer Seite – über Berge von Leichen und Äckern voll Toter hinweg, daß man sich Freund bleiben will.)

Es wird Wein gebracht. Muskatwein. Er steht in den Gläsern wie Olivenöl. S. sagt: „Als ich noch Gedichte machte, machte ich ein Gedicht auf diesen Wein.“

Weshalb gibts viele Schriftsteller, die in der Jugend Gedichte machten und sich später in Prosa aussprechen? Kapitulieren sie vor der Lyrik, weil sie höchste Konzentration verlangt?

S. versuchts mühselig zu erklären. Seine Erklärung überzeugt uns nicht. Ich weiß keine Antwort, aber ich versuche sie zu praktizieren und reiße die Grenzen zwischen Lyrik und Prosa nieder – durch Poesie.

S. rezitiert sein Gedicht. Wenn die Russen Gedichte rezitieren, werd ich in die Schulzeit, in die Zeit des Gedichtaufsagens, zurückversetzt.

Sergej Lwow übersetzt uns das Gedicht von S. Was mich erreicht, sind blumige Worte für alltägliche Dinge und Menschen. Sollte Poesie nicht das sein, was zwischen Worten und Zeilen schwingt, das, dessen Woher wir nicht kennen?

Beim Rezitieren des Muskatwein-Gedichtes leuchten die Augen der kleinen Frau S. auf. Sie trägt ihren Aufbau aus Haaren, eine Haarkrone, wahrscheinlich, um ein wenig größer zu wirken. Das Muskatwein-Gedicht wurde auf sie, die Einwohnerin der milden Krim, geschrieben, als S., der Sibirier, diesen Landstrich, die Frau und diesen Wein entdeckte . . .

Die kleine Frau S., ich sah sie eines Morgens, als sie glaubte, wir alle im Heim würden noch schlafen, dünn und zerbrechlich und klein wie ein Schulmädchen, im eng anliegenden Trainingsanzug, etwas geduckt und wie in sich hineinhorchend, auf dem Vorplatz des Heimes umgehen. Ihr Haar hing herunter wie das Haar eines Meerweibchens. Sie hatte die kleinen Hände zu Fäusten geballt und schlug sich damit sanft und aus gekrümmten Handgelenken den Rücken dort, wo die Nieren sitzen, und auch unter die Brust, und da sah ich und wußte es, daß sie eine Krankheit oder ein großes Leiden umherschleppte. Und nun dieser Abend und das Muskatwein-Gedicht, das die Augen der kleinen Frau aufleuchten machte. Was tats also, daß es mich nicht erreichte, wenn es doch die erreichte, für die es gemacht war.

12. Oktober 1967

Der Schwamm

Es liegen Schwämme auf dem Tischchen des Händlers am Kai. Raschelnde, großporige Meeresfrüchte. Ich will einen kaufen. Die Freunde haben mich belehrt: Man muß feilschen.

Einen Rubel und zwanzig, sagt der Händler.

Der Schwamm ist mir zu teuer, ich gehe fort.

Der Händler ruft mich zurück.

Ich gehe zurück.

Einen Rubel, sagt mir der Händler, koste der Schwamm.

Er ist mir noch immer zu teuer, ich gehe wieder fort.

Wieder ruft mich der Händler zurück.

Ich gehe zurück.

Fünfzig Kopeken kostet der Schwamm, sagt der Händler.

Ich verdiene Geld mit Kommen und Gehen.

12. Oktober 1967

Winde und Wolken

Die Berge im Norden sinds, die Jalta vor den Steppenwinden schützen und es verwöhnen. An ihren Füßen sind diese Berge von Häusern und Gärten gesprenkelt. Höher hinauf tragen sie einen Gürtel aus Wäldern, in die Schlösser und Sanatorien wie weiße Schmucksteinchen eingelassen sind. Überm Waldgürtel wirds ihnen schon leid, weiterhin zu verbergen, daß sie eigentlich Felsmassive sind. Die Erdhaut wird zu kurz, sie reicht nicht mehr, das totscheinende Gestein länger zu verstecken. Dort beginnt das Reich der Geier und der Raben. Dort ist der Tummelplatz für Wolken „niederen Geschlechts". Sobald ihre Hütehunde, die Winde, ihnen nur ein wenig Zeit lassen, beginnen sie die Berggipfel zu umspielen und zu necken, und aus diesem Spiel entstehen neue und neueste Stimmungen, die auch das starre Gestein ins Leben einbeziehen.

13. Oktober 1967

Am Ai Petri

Eva fuhr im Heim-Omnibus nach Bachtschissarai, ich rüstete mich für einen Spaziergang in die Berge. Da klopfte Lowa an die Tür und lud mich ein, im Taxi bis unter den Ai Petri zu fahren. Ich konnte, obwohl ich ahnte, daß mir wieder übel werden würde bei der raschen Überwindung des Höhenunterschiedes, nicht widerstehen. Eine kleine Gesellschaft hatte sich zusammengefunden, zu ihr gehörten auch Sartres Lena und ein Shakespeareologen-Ehepaar aus dem Schauspielerheim.

In Schlangenwindungen, durch Haarnadelkurven, an steilen Abgründen und um Zentimeter an entgegenkommenden Fahrzeugen vorbei, die den Berg mehr hinunterstürzen als hinunterfahren, prescht die Taxe dem Gipfel des Ai Petri zu.

Ai Petri, heiliger Petrus, ja. Ich komme mir vor wie ein Neutron im Beschleuniger. Kaum haben meine Augen links einen Blick aufs flimmernde Meer erhascht, da werden sie nach rechts fortgerissen und prellen gegen eine graue Felswand, aber sogleich müssen sie wieder rotes Herbstlaub zur Kenntnis nehmen, um sich darauf in die hoffnungslose Tiefe einer Schlucht zu stürzen.

Der Schweiß bricht mir aus, und ein großes Übelsein mit Atemnot und Blässe drängt sich heran.

Endlich werden die Autotüren geöffnet, wir steigen aus, und ich stehe einer ganz anderen Luft gegenüber als drunten am Meer. Die Luft erscheint so dünn, als könnte man, ohne die Lunge zu bemühen, durch die Poren einatmen.

Irgendwelche Kehlchen schmettern, Baum- oder Berg-Rotkehlchen, ihr Gesang scheint enge Kehlwindungen passieren zu müssen, bis er die Sphäre des Hörbaren erreicht, und die Pausen zwischen den Strophen scheinen von der Freude der kleinen Vögel darüber ausgefüllt zu sein, sich vernehmlich gemacht zu haben.

Die Brombeeren an den Pfadrändern haben den Weinstöcken die Traubenbildung abgelauscht, die Früchte der Brombeertrauben sind rot vor lauter Anstrengung, noch reif zu werden, bevor die Steppenwinde über die Bergränder lecken.

Während unseres Abstiegs weiß der Ai Petri hie und da Waldschneisen zu nutzen, um uns verständlich zu machen, weshalb er so gern besucht wird. Aber was wir von dem, was er sonst sagt, verstehen, ist, daß er zur Familie der mittleren Berge gehört, und daß es ihm vielleicht ein wenig schwer fällt, in der Winterzeit zu solchem Schnee zu kommen wie die Gipfel unserer Alpen oder wie der Kasbek zum Beispiel.

Der Shakespeareologe fotografiert uns schön aufgereiht, Hüte und Mützen unternehmungslustig in die Nacken geschoben, uns, dem Ai Petri fremde Menschenfrüchte aus den Städten der Ebene. Willig steht er uns als Kulisse zur Verfügung, und wir vertrauen auf das spätere Foto, das die Täler und Abgründe, die zwischen uns und seinem weißen Kopf noch liegen, zur Nähe umtäuschen wird.

Das Heimweh sucht sich die verschiedenartigsten Anlässe: Drei Pferde grasen auf einer disteligen Alm. Den Pferden würde nichts fehlen, wenn ich vorüberginge, ohne sie zu beachten, wie es die anderen tun. Aber ich ziehe meine Finger wie einen Kamm durch die verkletteten Mähnen der Tiere und bin für eine Weile außer Landes.

Die Mauerreste eines tatarischen Dorfes. Ein zerfallener Brunnen. Kein freundliches Wasserblinken von seinem Grunde herauf. Die Tataren vertrieben, das Dorf dem Wald überlassen, der es sanft einwuchert. Es ist, als müßten Mädchengespräche aufsteigen, wenn man die Erde am Brunnenrand aufkratzt.

Ein Dorf unterhalb der Autostraße nach Jalta. Ein Dorf, das schon wieder freundlich tut mit dem nahen Meere. Die Häuser wollen uns mit ihrer Bauart einreden, daß wir uns in den Alpen befänden, und sie schaffen es auch wirklich, mit Hilfe des ragenden Ai Petri im Hintergrund, uns ein Weilchen an ein Eckchen in Innsbruck denken zu lassen.

Aber dann sagt uns ein Schloß in tatarischer Bauart energisch, wo wir uns befinden. Mochten die Häuser der Krämer sich europäisieren, die Schlösser der Herren taten es nicht.

Herren? Am Eingangstor steht: Sanatorium Jasnaja Poljana. Wir stehen vor Tolstois Pachtschloß. Zwei grobe Türme wie steil zum Himmel gerichtete Rohre von Überkanonen, das eine Rohr steckt in einer Manschette üppig wuchernden Wildweins. Der Turm könnte, selbst wenn er müßte oder wollte, nicht auseinanderfallen, das Astgewirr des

Weines ist stark wie Taue und Drähte und würde ihn zusammenhalten.

Und da ist die Veranda, auf der Tolstoi mit Tschechow zusammensaß. Tschechow, der Arzt, den Kopf voller Geschichten, und Tolstoi, der Graf, damals den Kopf voll Sorgen darüber, wie seinem Besitz zu entrinnen wäre.

Der arme Leo! Wenns noch die alte Treppe ist, so mußte er sich über glatte Marmorstufen hin zum Meer bemühen. Da unten dann konnte er sich auf einen der Felsbrocken hocken und mit dem Meere reden. Vielleicht machte er dort aber auch Generalprobe für einen Streit mit Sofja Andrejewna, als ihn Gorki wie einen heidnischen Gott am Strand, mit dem Meer redend, vorfand. Der gewitzte Leo, ganz gewiß kannte er die Sage von Demosthenes, der Steine in den Mund nahm, um, solcherart übend, gegen das Meer anzureden und um später als Redner im Senate obsiegen zu können.

14. Oktober 1967

Feigen

Ich steige zu den Hügeln an, ein Wanderer ohne Ziel. Schmetterlinge begleiten mich, Bergfinken singen, Feigenbäume lümmeln sich aus den Gärten, an ihren Zweigen sitzen Früchte, stiellose Birnchen im breiten Laub. Wenn ich sie rupf, entrinnt ihnen milchiger Saft, ihre Schale ist dick und schmeckt nach Kastanien, ihr Fruchtfleisch ist rosa und schmeckt übersüß, ihre Kernchen knirschen zwischen den Zähnen. Hier stehle ich Feigen, daheim stehle ich Pflaumen.

15. Oktober 1967

Seewind

Gegen Abend im Schauspielerheim. Lowa residiert im Bett, drei bis vier Frauen ihm zu Füßen, die ihn nacheinander abküssen, sie können nicht anders, er ist der ewige Tröster und Zusprecher.

Natürlich wird wieder Wodka getrunken. Der ganze Verein (vier Frauen, drei Männer) aus zwei Mundgläsern.

Das nahe Meer rollt, der Seewind weht zu einem Fenster herein, zum anderen hinaus und trifft meine rippenfellgereizte linke Seite, und es hilft gar nichts, daß die glühende Sartregeliebte Lena mir diese Seite abschirmt, der Seewind trifft mich sicher wie eine gezielte Flintenkugel.

15. Oktober 1967

Die Hosen Sjomuschkins

Auf einem der roten Fließbänder, Läufer genannt, die im Heim die Korridore durchfließen und die Marmortreppen hinunterfallen, hält mich ein untersetzter Mann an. Nemezki? fragt er mich. Ich bestätige ihm, daß ich ein Nichts bin. Ich – Brrand in Polarnacht, sagt er auf Deutsch.

Ich bin im Bilde, es handelt sich um Sjomuschkin, dessen Buch „Brand in der Polarnacht“ ein zweites Mal unter dem Titel „Alitet geht in die Berge“ bei uns herauskam. Sjomuschkin spricht mit mir nicht über Literatur, sondern er berichtet, daß man ihm den Bauch aufgeschnitten und allerlei herausgenommen hätte, was nicht hineingehörte. Und alles das wäre ihm in den Bauch gekommen, weil er mit Hunden hatte zusammen schlafen müssen, als er das Material für sein Buch „Brand in der Polarnacht“ zusammengetragen hätte.

Wir hatten es also mit einem Kollegen zu tun, der das Buch seines Lebens geschrieben hat, einem offenherzigen, schon grauschöpfigen sympathischen Kerl, Arbeitergesicht, herzhaftes Lachen, praktischer Verstand, kraftvolle Bewegungen – lauter Heldeneigenschaften.

Jetzt ist Sjomuschkin nach der Bauchoperation hier im Heim zur Erholung. Morgens muß er sich bei der Heimschwester Spritzen abholen. Wenn ich ihn auf diesem Wege treffe, macht er mir Zeichen mit ausgestrecktem Zeigefinger auf sein Gesäß hin, damit ich im Bilde bin und nicht etwa denke, er habe ein Verhältnis mit der Krankenschwester.

Eines Tages machte Sjomuschkin mit einer Gruppe von Kollegen und Kolleginnen eine Expedition in die Berge. Unterwegs wurde es ihm zu warm, er zog seine lange Hose aus, ging in Turnhosen weiter. Vielleicht mußte er zeigen, daß er ein Polfahrer war. Mit seinen Langhosen wollte er sich nicht abschleppen, er versteckte sie hinter einem Felsklumpen, hier sind sie sicher, sagte er zu seinen Kameraden, hier sind wir nicht am Südpol, hier gibt es keine neugierigen Pinguine. Er marschiert in Turnhosen weiter, er ist abgehärtet nach der Kunst, das bißchen Wind vom Ai Petri ist nicht kälter als ein Eisbärpfurz.

Auf dem Rückweg kommt Sjomuschkin zum Felsklumpen, will seine Hosen hervorziehen, aber sie sind weg. Keine Pinguine auf der Krim, aber die Hosen sind weg. Weg ist weg! Sjomuschkin schreitet seiner Expeditionsgruppe in Turnhosen weiter voraus. Seine breiten, russischen Turnhosen flattern wie das Röckchen einer Tänzerin. Aber die Moral der Jaltanesen ist eine andere als die der Samojeden. Es gibt hier zum Beispiel große Holztafeln an den Eingängen zu den Parks. Darauf sind dilettantisch gemalte Karikaturen von Untätern zu sehen. Vielleicht malt die Karikaturen ein Milizmann in seiner Freizeit: Der Koch Nekrassow hat seine Frau im Suff geschlagen. Tut man sowas? Fünf Tage Arrest, kann zum Beispiel auf so einer Tafel stehen.

Die Kameraden aus der Wandergruppe machen

Sjomuschkin unsicher. Wird nicht eines Tages an dieser Tafel zu lesen sein, Sjomuschkin rannte in Turnhosen auf dem Korso umher, ein deklassiertes Element, zehn Tage Arrest? Sjomuschkin bedenkt es, und so abgehärtet ist er nicht, er springt mit flatternden Turnhosen in eine Taxe und fährt ins Heim.

23. Oktober 1967

Die Stimme

Die Sonne ist da, das Meer nimmt sich des Spiegelbildes an und zerreibt es zu glitzernden Funken. Im Hafen liegt ein großes Schiff. Eine Stimme dringt von dort her zu mir auf den Berg. Die Stimme spricht in einer fremden Sprache. Jedes Wort ein Donnerhall. So mag die Stimme Gottes geklungen haben, jenes Gottes, den sich die alten Juden ausdachten. Und in unserer Zeit schallt die Stimme des kleinen Menschen über Länder und Erdteile. Gott hat sich aufs Stillsein verlegt. Du gehst in der Menge, er zupft dich sacht am Ärmel: Ich bitte, mir unauffällig zu folgen!

24. Oktober 1967

Abschied von Jalta

Wir fallen mehr, als wir fahren, aus den besonnten Bergen, von denen aus wir, rückwärts gewandt, immer noch einmal das Gefunkel des aufgewölbten Meeres haben wollen, in die Nebel der Salzsteppe hinein. Das Auto ist mit feinen Tröpfchen überzogen. Es schwitzt und kann nicht begreifen, weshalb man es aus dem sonnigen Jalta in die steinige Steppe treibt, in der jeder Obstbaum und jede Kiefer aussehen wie die Kinder armer Baum-Eltern. Wir fahren nach Simferopol. In dieser Stadt gastiert der weltbekannte russische Illusionist Kio. Sein fettgemalter Name hängt an den Zementmasten der Trolleybusleitung, als wäre es der Name eines verheißungsvollen Ortes.

Flugplatz Simferopol. Warten. In einer Ecke des Flugplatzrestaurants Gagarin mit zwei Begleitern. Er wird mit uns nach Moskau fliegen. Nun ist er beim Essen, und er ißt breit, wie die russischen Bauern essen, auch wenn sie in der Stadt wohnen, er ißt väterlich aufgestützt, und man hört sein Schmatzen bis an unseren Tisch heran. Die Kellnerinnen des Flughafenrestaurants und das Küchenpersonal drängen heraus, und alle schauen, wie er ißt, und neben ihm sitzen zwei Kunstflieger in Zivil, und sie achten vielleicht darauf, daß er ißt und was er ißt. Der Mann, der einmal einen Tag lang gegessen hat, was wir alle noch nicht gegessen haben, als er draußen im Weltraum die Erde umkreiste und dafür tagelang in den Gedanken aller von der Zivilisation erreichten Menschen war, ich sage wohlwissend nicht: aller Menschen. Es gibt auf der Erde noch Menschen, die unentdeckt sind und nichts von Gagarin wissen, der der Menschheit einen Anblick der Erde aus dem Weltenraum vermittelte.

Und damals, als Gagarin, ohne uns zu verständigen, sehen fuhr, was die Erde vom Blickpunkt eines nicht allzu hohen Gottes für einen Eindruck macht, ahnten nur wenige, daß er auch mögliche Kriegsschauplätze für Erdenmenschen beflog. Und es war nach seiner Rückkehr aus den unmenschlichen Höhen davon die Rede, daß die Erde friedlich und in wunderbar blauer Farbe schimmere, und das wurde in allen Zeitungen, Rundfunk- und Fernsehstationen der Erde wiederholt: Vom Standpunkt eines Gottes im Unteroffiziersrang, in dessen Reich Gagarin umherfuhr, schimmern wir also mit unserem Gehader und den bereitliegenden Atombomben bläulich-friedlich.

Inzwischen sind Menschenmannschaften in den Himmel geschossen worden, auch eine Menschenfrau, und man hat an ihr festgestellt, daß der Weltenraum ihrem Mutterwillen nichts angetan hat. Männer sind im Weltenraum ausgestiegen, zu erproben, ob der Raum zwischen der Erde und den Sternen ihre Arbeitslust auslöscht oder nicht, Fahnen, nationale Embleme wurden auf anderen Planeten gehißt, und es wurde mit ihnen bekundet: Wir (unsere Nation) waren zuerst hier, wir haben die älteren Rechte.

Der Rücken des Mondes wurde fotografiert, und eine künstliche Hand wurde auf ihn hinaufgeschossen. Uns hat man mitgeteilt, daß sie ein bißchen im Mondreich (Erdreich kann man wohl nicht sagen) wühlte. Aber der wirkliche Grund ihrer Schürfarbeit wurde uns nicht mehr mitgeteilt, denn schon sind die Vorbereitungen für einen Krieg im Weltenraum im Gange. Keine Rede mehr vom bläulichen Frieden, in dem unsere Erde dem ihr Entrückten erstrahlt.

Der essende Gagarin, der am Nebentisch sitzt, hat die Grenze an Jahren überschritten, hinter der man noch als jung gilt. Auch sein Ruhm ist gealtert. Niemand trug ihn auf den Schultern ins Flugplatzrestaurant, keine Frauen, die kamen, ihn zu küssen, um noch ein bißchen Weltenraum an ihm zu schmecken. Nicht einer, der ein Autogramm von ihm forderte, ein Zeichen von den Händen, die zuerst im Weltenraum waren. Die Kellnerin, die Gagarin das Essen brachte, schüttelte sich noch ein bißchen, weil er ein paar freundliche Worte zu ihr sagte. Am Abend wird sie vielleicht ihrem Manne und ihren Kindern erzählen, daß sie Gagarin irdische Speisen verabreichte, die er wie jeder andere russische Bauer, der auf den Flugplatz kommt, verzehrte.

Und Gagarin selber, der die Länder der Erde erst nach dem Weltenraum kennenlernte, ist weder vom bläulichen Frieden, in dem er die Erde schimmern sah, noch von den Eindrücken in den verschiedenen Ländern der Erde verändert, jedenfalls äußerlich nicht, und es scheint so, als ob er noch in der gleichen Uniform säße, die er in Paris und New York bei den Festlichkeiten trug, die für ihn abgehalten wurden. Vielleicht wundert er sich ein bißchen über die Vergänglichkeit des Ruhmes, den er nur erneuern könnte, wenn er auf den Mond geschossen werden und ein wenig umhergehen und Ausschau halten würde, wie die Erde von dort aussieht. Aber er wird es nicht sein, der auf dem Mond umhergehen wird.

25. Oktober 1967

Hotelzimmer

Hotelzimmer sind wie gute Huren. Sie wissen stets den Eindruck zu erwecken, als wäre man der erste, den sie beherbergen.

Eine halbe Stunde, bevor wir das Zimmer beziehen, hat der vorige Gast es verlassen, aber in der kurzen Zeitspanne haben die Zimmerfrauen seine Spuren getilgt. Nicht ein Zettelchen oder Spänchen, nicht ein Flöckchen Watte läßt Schlüsse auf einen Vorbenutzer zu. Am geöffneten Fenster wehen uns die Gardinen entgegen, als wären nie die Augen eines anderen zwischen ihren Webmustern spazierengegangen. Die Mundgläser im Bad geben sich unschuldig, als hätte nie jemand seine Unterlippe an ihren Rand gesetzt, um ihnen Gurgelwasser oder Kognak zu entnehmen. Die Schränke sind voll ihres Eigengeruchs, als hätten sie nie Anzüge,

Kleider und Wäsche von anderen beherbergt. Und das Parkett glänzt, als hätte es darauf gewartet, endlich von uns betreten zu werden.

Nur Menschen, die vor uns da waren und sich bis zum letzten legal oder heimlich geliebt haben, hinterlassen zuweilen ihre Zeichen.

25. Oktober 1967

Majakowski-Denkmal

Auf dem Platz vor unserem Hotel PEKING steht das Denkmal von Majakowski, und der Platz heißt Majakowski-Platz. In dem Denkmal ist eine Pose des Dichters erstarrt, die einige seiner Beschreiber, auch einige Fotos, als charakteristisch für ihn ausweisen: Majakowski reckt die Brust, und es scheint, als ließe er die Welt gegen sie anbranden, wie die Schiffsspitze die Meereswellen gegen sich anbranden läßt. Aber die Schiffsspitze ist keilförmig und für das Zerteilen von Meereswellen eingerichtet, und Majakowskis Brust ist breit und eben nicht zum Zerteilen der Weltbrandung bestimmt. Ein Dichter kann nicht ohne Schaden für sein Werk der Welt mit so herausgereckter Brust entgegenstehen, wie sichs zeigte. Ein Dichter muß sehen, und es dürfen ihm dabei die Augen herausquellen, aber mit herausgereckter Brust übersieht er das gemeinhin Unsichtbare, auf das es ihm ankommen muß.

Majakowski hat zuweilen das gemeinhin Unsichtbare gesehen. Sein Werk weist es aus. Aber zwischendrein hat er wohl auch die Brust herausgereckt, wie auf dem Denkmal zu sehen ist, und selbst diese Bühnenpose bei Vortragsabenden reichte der anbrandenden Welt, ihn zu erdrücken.

29. Oktober 1967

Der Hahn von Moskau

Moskau schien diesmal seine Nächte ein wenig stiller zu halten. Das Gegrummel des nie abreißenden Autostroms drang durch Mauern gefiltert an unsere Ohren, denn wir wohnten nach hinten hinaus und in die Gegend hinein, wo früher zwischen Verwaltungsbauten, Schulen und Fabriken noch ein paar alte Moskauer Holzhäuser standen. Und sie standen da zwischen den aufragenden Steinhäusern wie verdorrte Samenschalen, aus deren Kernen das neue Moskau herauswuchs.

Jetzt hatte man diese Häuser niedergerissen, und ihre Bewohner, die alten Mütterchen mit den Kopftüchern und die alten spuckenden Männer, die auf den glattgesessenen klobigen Bänken in den zu den Holzhäusern gehörenden Gärtchen saßen, sie waren fort. Verstorben? Verzogen?

Vom frühen Morgen an gingen Arbeiter auf den Abbruchstellen umher und fachten große Feuer, in deren Flammen sie die alten Holzhäuser, Brett um Brett und Balken um Balken, verbrannten. Die Arbeiter taten Tag um Tag nichts als dies, und manchmal gesellten sich ihnen feuerlüsterne Jungen bei. Die Jungen halfen, die Feuer zu vergrößern, und die Flammen leckten die alten Bäume an und schwärzten sie, und die alten Bäume, die mit Hartnäckigkeit markierten, wo einmal die Gärtchen der alten Leute gewesen waren, starben zu Anfang ihres Winterschlafes, und man darf hoffen, daß sie ihren Tod fanden, ohne ins frühlingliche Bewußtsein zurückgekehrt zu sein.

Aber einer der Hähne, die in diesen alten Holzhäusern und ihren Gärten nah bei den Alten gehaust hatten, die so aussahen, als könnten sie die Dörfer, aus denen sie gekommen waren, nicht vergessen, einer der Hähne schien am Leben geblieben und mit seinem Väterchen oder Mütterchen auf einen Balkon der umliegenden Steinhäuser verzogen zu sein. Er fing um die dritte Morgenstunde an zu krähen und ließ sich nicht beirren von den Geräuschen motorseliger Geschäftigkeit, die in Moskau den Wechsel von Tag und Nacht überrollt. Es war, als ob er mit seinem scharfen Krähen der Nebeldämmerung und den grauen Geräuschen die Häute aufschlitzte bis zum Gedärm.

Es war ein tapferer Hahn. Ich bewunderte ihn viele Morgen lang. Er war mit seinem Krähen etwas, woran man sich halten konnte in dieser Riesenstadt, die sich Tag und Nacht gedrängt fühlt, ihre Schwestern in Westeuropa einzuholen beim Rennen ins Unbekannte.

1. November 1967

Daheim in Schulzenhof

Die Kinder, die uns zuerst etwas verhalten umarmen, als müßten sie feststellen, ob wir uns in den fünf Wochen verändert haben, andere Eltern geworden seien, lockern sich allmählich, und dann beginnt das Gezwitscher. Zuhören, was wir erlebt haben, ist ihnen zunächst nicht wichtig. Sie selber sind angefüllt mit Erlebnissen, sie sind noch nicht darauf angewiesen, zu verreisen, um Erlebnisse zu haben. Jeder Gang in den Wald nach Grünlingen ist ihnen ein Erlebnis.

16. November 1967

Tod auf der Straße

Dämmerstunde, Nieselregen und Dunst. Straßenlampen spiegeln sich auf dem Asphalt, sie sind zweimal da. Gott ist tot, wer seine Arbeit übernahm, ist noch nicht erkannt. Wege der Menschen über die Autostraßen werden von roten, gelben und grünen Lichtern bestimmt, die ein Mensch von einer Zentralstelle her automatisch aufflammen läßt. Wer der roten Farbe seinen Gehorsam verweigert, wird härter bestraft als einer, der vorzeiten die Gebote Gottes nicht befolgte.

Hinter mir knallt es, als ob ein großer Ballon geplatzt wäre, es folgt ein Schleifgeräusch, sodann ein Quietschen sich reibender Metallteile. Ich bin nicht sicher, ob nicht aus diesem Geräusch etwas Bedrohliches für mich entstehen könnte, und schau mich um. Ein Mensch fliegt wie ein gefüllter Sack in drei Meter hohem Bogen durch den Dunst und fällt neben die Bordkante der Autostraße, fällt dorthin, wo ein schmaler Rasenstreifen zur Erinnerung an die Wiesen, aus denen der Mensch kam, angelegt ist. Dem Menschen folgt ein aufgespannter Regenschirm, er holpert wie ein unebenes Rad ein Stückchen auf dem Rasen entlang und beendet sein Gekuller neben einer großen Handtasche aus schwarzem Lackleder mit talmisilbernen Beschlägen. Am bunten Regenschirm und an der verzierten Handtasche erkennt man, daß der starre Sack an der Bordsteinkante ein weiblicher Mensch war, dann erkennt mans auch am Rock und am Mantel, das Gesicht aber läßt nichts mehr erkennen, kein Alter, keine Angst, keine Todesnot. Es ist, als ob diese Eigenschaften eines toten Gesichts bei dem Knall, der sich anhörte wie das Platzen eines Ballons, zersprungen wären. Zersprungen, zerplatzt, in hundert blutige Teile wie das Innere eines Granatapfels.

Ein wohlgenährter Mann im grauen Regenmantel ruckelt an seinem Hut. Er hat das Bedürfnis, ihn abzusetzen, er schaut vorher zum Himmel hinauf und schätzt die Stärke des Regens ab, er unterläßt das Hutabsetzen und murmelt: „So schnell geht das!“ Und er geht weiter, eilt geradezu, als ob er befürchten müßte, daß ihm diese Erkenntnis verlorengehen könnte, bevor er daheim ist.

17. November 1967

Schwarzer Abend

Die Sonne sank, die Horizontwolken leuchteten auf, weizenhalmgelb und leis rot an den Rändern, und zwischen den Wolken gabs Räume aus allerfeinstem Blau. Schwarz stand der Wald, gefährlich schwarz, und der See ereiferte sich, die Schwärze des Waldes zu spiegeln. Eine dunkle Sternenlandschaft entstand, die Landschaft auf einem Stern, auf dem man nicht leben könnte, ohne traurig zu werden, so traurig, daß man sich gezwungen fühlen würde, in den schwarzen See zu steigen und unterzugehen, um die Illusion heraufzubeschwören, nicht mehr zu sein.

25. November 1967

Auch ein Argument

Zwei alte Verwaltersleutchen stritten mit meinem Freunde G., ob es früher besser gewesen sei als heute. Die Frau holte eine alte Zeitung hervor, eine Zeitung aus dem Jahre neunzehnhunderteinunddreißig. An einem Inserat der Firma Wertheim versuchte die Alte, G. zu beweisen, wie billig die Bekleidung in jenen Jahren gewesen wäre. Mein Freund G. sah sich die im Inserat abgebildete Frauenbekleidung an und argumentierte auf die ihm eigene pferdehändlerische Weise und sagte zu der Alten: Möchten Sie heute so herumlaufen mit den halblangen Röcken und den schief aufgesetzten Hüten? Wir haben heute Pariser Moden, und die sind natürlich eine Kleinigkeit teurer.

29. November 1967

Purpurwinterregen

Es regnet, regnet. Es hat die Nacht geregnet, und es regnet am Vormittag, und es regnet auch noch am Nachmittag, aber der Regen ist frühlingsmild, jetzt Ende November frühlingsmild, und er ist sanft, und an den Forsythien sind Blüten aufgebrochen, sind jetzt im November Blüten aufgebrochen.

Ich ziehe Lederzeug an und longiere die Stuten in der Manege, und das Fell der Pferde wird glitschig vom Regen, die Pferdehaut duftet, und leichter Wrasen steigt vom Rücken der Stuten auf. Ich schwinge mich auf die ungesattelten Stuten und reite sie auf dem Zirkel, reite Figuren und bin ein Regenbesieger.

Auf einmal wirds heller in der Arena, und ich seh, daß über Rheinsberg die Wolkendecke riß, und daß es nur noch ganz, ganz spärlich regnet, und die Helligkeit breitet sich aus, breitet sich über den ganzen Himmel aus.

Ich sattle und reite hinaus, reite in die Wiesen hinaus, und es springen Rehe ab, sie springen in die Schonung hinein, und ich sehe, wie ihre Spiegel auftauchen und untertauchen, und es fällt mir ein Regentropfen in die halboffene Zügelfaust, und der Regentropfen fühlt sich warm an, er ist der letzte eines novembrigen Regentages.

29. November 1967

Stimmungen

Der Kauz schreit, er schreit dreimal, er schreit siebenmal, schreit und schreit. Es tropft von den Bäumen, und es dunkelt, und ein Ostwind hat sich aufgetan, und der Kauzruf ist wie ein Protest gegen ihn.

30. November 1967

Erster Schnee

Schnee war gefallen, starker Schnee. Während der Sitzungsstunden hatte die Stadt ihr Gesicht verändert. Die Autofahrer fuhren vorsichtiger, und die Volkspolizisten standen ein wenig ratlos umher. Die Luft war reiner geworden, der Schnee hatte den Stadtdunst niedergeschlagen. Auf dem Weihnachtsmarkt standen nur ein paar Unentwegte vor Karussells und Buden, und die vielen Lichter schienen zur Feier des ersten Schnees zu brennen.

3. Dezember 1967

Schmerzen und Blüten

Er ist vierzig Jahre alt. Sein Kinnbart ist scharf ausrasiert, alle Taschen seines heugrünen Anzugs sind mit schmalen Lederstreifen eingefaßt. Er sieht aus wie ein Schuljunge, der sich zum Spiel einen Bart anklebte, nur die Stirnfalten sprechen dagegen.

Er ist Direktor eines Volksgutes. Das Gut hat er auf Tulpenanbau spezialisiert, sechzig Hektar Tulpen, vornehmlich für Knollenexport, Treibknollen für Gärtnereien. Eine Tulpenreserve muß er stets für Staatsempfänge bereithalten.

Vor acht Jahren ritt S. ein ungebärdiges Pferd, einen Durchgänger. Das Sattelzeug war schlecht, der Sattelgurt platzte, der Sattel rutschte, S. stürzte und fiel mit der Hüfte auf eine Grobpflasterstraße.

Nach dem Sturz arbeitete er weiter, bis sich eines Tages tüchtige Schmerzen in der Hüfte einstellten. Der Arzt konstatierte Rheuma und riet S., nicht nur in Hose und Hemd zu reiten, sondern sich besser anzuziehen.

Rheuma, dachte S., das hat jeder zweite Mensch, was soll das schon sein.

Aber die Schmerzen nahmen zu. Ein anderer Arzt wies S. in die Charité ein. Dort stellte man fest: Die Hüfte gebrochen, das Becken beschädigt, und S. wurde für ein Jahr in Gips gelegt.

Auf dem Krankenbett begann er Holzschnitzereien anzufertigen und Ornamente zu malen. Er wurde als vollinvalid entlassen. Da saß er nun auf seinem Gut, und seine Frau arbeitete als Gutsköchin. Er aber besorgte langsam, sehr langsam die Hauswirtschaft, legte Obst und Gurken ein, putzte die Stuben, fütterte die Hühner, und eines Tages, als er vor dem Haus den Mopbesen ausschüttelte, trieb der Viehhirt die Rinder ein, und er trieb sie mit der Peitsche, daß sie rennen mußten, und der alte Gutsleiter regte sich in S. Was treibst du die Kühe, schrie er den Viehhirten an. Sind das Rennpferde? Ihr habt sowieso nicht genug Milch!

Hast du Scheißer auch was zu sagen, sagte der Viehhirt.

Da packte S. die Wut. Er ließ sich gesund schreiben, übernahm das Volksgut wieder, arbeitete erst stundenweis, dann halbe Tage. Sein Vertreter hatte die Tulpenzucht vernachlässigt, hatte Defizit gemacht. S. arbeitete das Defizit herunter, er arbeitete unter Schmerzen, und um die Schmerzen zu betäuben, trank er ein wenig. Er muß sein Bein von sich strecken, sonst kann er nicht sitzen. Bei einem Lehrgang, den er zu besuchen hatte, waren die Schulbänke zu eng. Er stellte sich an die Wand, vierzehn Tage, solange der Lehrgang lief.

Seinen Schreibtisch ließ S. auf ein Podium stellen, und er ließ in das Podium ein Loch sägen, in das Loch streckt er das Bein hinein, nur so hält er es aus, und er züchtet Tulpen mit all seinen Schmerzen, züchtet prachtvolle Tulpen, münzt seine Schmerzen in Blüten um.

4. Dezember 1967

Kollegenbesuch

Am Nachmittag kam N. N. zu Besuch. Wir sprachen über die Arbeit und daß man sich zur schriftstellerischen Arbeit nicht journalistisch verhalten darf. Es muß nicht morgen gedruckt sein, was heute geschrieben wurde. Was heute nicht gedruckt werden kann, muß liegenbleiben, doch man muß arbeiten, beständig arbeiten. Ein Forscher unterbricht seine Forschungen nicht, weil ihre Ergebnisse zur Zeit nicht benötigt werden.

1. Januar 1968

Literarische Berge

Weshalb schreibt man? Wenn man auf die Riesen der Literatur blickt und die Berge betrachtet, die ihre Werke in der Literaturlandschaft sind, drängt sich einem wohl von Zeit zu Zeit und besonders zu Beginn eines neuen Jahres die Frage auf: Weshalb schreibst *du*?

Hoffst du mit deinen fünfundfünfzig Jahren noch ein Werk zustande zu bringen, das diese Berge überragt?

Wenn du diese Frage in dir groß werden läßt, mußt du kleinmütig werden. Aber du hast eigentlich nie erfahren, daß Schreiber über dieser Frage kleinmütig wurden.

Oder hast du es nur nicht zu wissen bekommen, weil es sich um Tragödien handelte, die sich in der Stille abspielten? Wohl kaum. Die Menschheit ist, was das Historische und Museale anbetrifft, tüchtig und zuverlässig; undenkbar, solche Tragödien wären nicht auf uns gekommen.

Wenn nur irgendwo etwas war, was Größe ankündigte, so wurde es von Literaturwissenschaftlern, schon aus der Sucht heraus, ein spezielles Thema entdeckt zu haben, ausgegraben und auf uns gebracht. Es sei denn, der Held einer solchen literarischen Tragödie hätte alle Zeugnisse seiner sich ankündenden Größe vernichtet, als er zu der Einsicht gelangte, nicht leisten zu können, was sein Leben in Form eines dunklen Gefühls von ihm verlangte.

Da man die Eitelkeit der Menschen kennt, fällt es schwer, an Tragödien zu glauben, die sich abgespielt haben könnten, ohne daß ein zweiter, ein dritter Mitmensch davon gewußt haben sollten.

Überhaupt Eitelkeit – ist sie nicht ein mehr oder weniger verschwommener Ausdruck von Möglichkeiten, die der einzelne Mensch in sich fühlt?

Ist an der Stärke der Eitelkeit eines Menschen nicht abzulesen, wie weit er von seiner Selbstverwirklichung entfernt ist? Können jene Menschen, die auf gutem Wege zur Selbstverwirklichung sind, der Eitelkeit nicht am meisten entraten?

Was also ist der Grund und der Trieb, wenn einer unentmutigt weiterschreibt, obwohl ihm bewußt sein müßte, daß er dereinst, von seinem Werk aus betrachtet, die Berge der literarischen Landschaft nicht unter sich sehen wird?

Dazu wäre zu sagen: Es gibt solche Berge, von einzelnen Menschen her gesehen, nicht. Die Berge sind fiktive Abmachungen unter Literaturwissenschaftlern und Literaten. Je größer eine Versammlung von jenen, desto kräftiger der Chor, der der Menschheit einsingt, wo sie literarische Berge zu sehen habe.

Und diese Suggestion wird oft von großen Menschengruppen benutzt, ohne daß man sie auf ihre Stichhaltigkeit prüfte, ja, noch Schlimmeres tritt ein: Der immer wieder mit solchen Massensuggestionen konfrontierte Künstler fängt an zu glauben, daß ihm abgehe, dereinst selber „ein Berg" zu werden.

Rilke hatte den Mut einzugestehen, ohne deshalb an sich selber und an seiner Sendung zu zweifeln, er fände keinen Zugang oder Aufstieg zum literarischen Berg Goethe. Erst in seinen letzten Lebensjahren entdeckte er, manchmal überrascht, manchmal zögernd, etwas, was ihm an Goethes Werk gefiel, ohne daß er einen ernsthaften Versuch machte, sich den Lobpreisenden Goethescher Größe zuzugesellen.

Später wurde, wie wir wissen, Rilkes Werk von einer Gruppe Wesensverwandter zu einem „literarischen Berg" zusammengepriesen.

In dieser Tatsache scheint mir das Geheimnis zu stecken, das die starken Künstler angesichts der in die Welt geredeten „literarischen Berge" unentmutigt weiter arbeiten läßt: Sie werden vom Drang, vom Muß, sich selber zu verwirklichen, in den Stand gesetzt, die „literarischen Berge", die man ihnen suggeriert, zu ignorieren.

Man sei sich nur stark genug bewußt, daß jene „literarischen Berge" im wesentlichen von unschöpferischen oder nachschöpferischen Menschen errichtet werden! Der echt schöpferische Mensch ist außerstande, sich seinen Drang, zu sagen, wie er die Welt sieht, verstellen zu lassen. Durch getreuliches Hinhören auf seine Sendung und Beharrlichkeit in *seiner* Sache wird auch er schließlich zum Mund von Gefühlen ihm wesensverwandter Zeitgenossen und wächst für *sie* allmählich zum „literarischen Berg" an.

Keine geringe Rolle spielt bei den Zeitgenossen eines Schreibenden, daß sie hören wollen, wie er, ihr Sager, mit der Umwelt und den Zeitumständen fertig wird. Und wer getreulich unternimmt zu sagen, wie er mit seiner Zeit fertig wird, wie er versucht, sie zu harmonisieren und zu poetisieren, hat Aussicht, eine „Erhebung" in der literarischen Landschaft und dermaleinst mit dem ohnehin relativen Gütestempel „klassisch" versehen zu werden.

Aber das liegt in der Zeit hinter seinem Tode, und wenn das, was menschlich an ihm war, hinweggeschwemmt ist.

Das war die große, lange geplante Besichtigungsfahrt der Akademiemitglieder in ihren Patenbetrieb. Wenige, leider nur wenige, Akademiemitglieder nahmen daran teil. Den Heerhaufen stellten die wissenschaftlichen Mitarbeiter der Akademie, etwa fünfzehn an der Zahl. Wo waren all die Klugscheißer, die ewigen Belehrer? Niemals sind sie verlegen um gute Vorschläge, sie wissen bei jeder Staatsratserklärung, wie die Mitglieder der Akademie dazu beitragen müßten, sie in Leben umzusetzen, und wenn es dann rangeht ans Leben, sind sie nicht da.

Zeugung

In der Fabrik beschäftigen sich siebentausend Arbeiter und Angestellte mit der Anfertigung von elektrischen Regel-Anlagen, das heißt, mit dem Einsparen von lebenden Menschen in Produktionsprozessen, also mit elektrischen Apparaten, die Maschinenbediener ersetzen. Kopf und Zeigefinger eines einzelnen Menschen ersetzen mit Hilfe dieser elektrischen Anlage viele Arbeiter, Wärter und Fütterer von Maschinen. Aber es war paradox. Diese Fabrik zur Anfertigung von Menschenersatz brauchte nicht weniger als siebentausend Menschen, weil es darauf ankommt, die Teile der Menschenersatz-Apparate individuell, sehr individuell, herzustellen. Wohlgemerkt, es handelte sich um

Apparate, die einige mechanische Handgriffe des Menschen nachahmen. Wie groß, so fragt man sich, müßte die Fabrik sein, wieviel individuelle Arbeit von wievielen Menschen müßte verwendet werden, um einen normal funktionierenden Menschen herzustellen? Würde die ganze Menschheit der Erde ausreichen, auf mechanischem Wege zu zeugen, was Vater und Mutter in neun Monaten ohne Geistverschleiß und technischen Aufwand fertigbringen? Aber die Brechtianer schütteln nach wie vor ihre weisen Bürgerschreckponys und sagen: Natur ist noch nicht fertig.

Eitelkeit

Die Künstler sahen nur gestanzte und gefräste Teile, Zahnräder, von denen sie sich vorstellen konnten, daß sie mit anderen Zahnrädern einmal die Aufgabe des Ineinandergreifens erfüllen würden. Ein Akademiemitglied trat hin und wieder an eine Fräserin heran und beugte sich zu ihr nieder, als ob es was von der Arbeit verstünde. Der Urberuf jenes Akademiemitgliedes war Schauspieler, und es machte seine Sache gut und sehr repräsentativ, obwohl keine Fotografen in der Nähe waren. Es rechnete vielleicht damit, von einzelnen Arbeiterinnen wahrgenommen zu werden, und es stellte sich vor, wie die von ihm reden würden: Du, der mit dem Pelzkragen interessierte sich für unsere Arbeit, denk mal, stellte es sich vor, würden sie von ihm sagen.

Der Dichter, der mit seinem Bart und mit seiner *Schapka* aussah wie ein Kosak, und der Dichter, der seit zehn und mehr Jahren nichts geschrieben oder nichts veröffentlicht hatte, beobachteten das Akademiemitglied, das im Urberuf Schauspieler war, und sie machten sich über dessen Getu und Gehabe lustig. Und um zu demonstrieren, daß es ihnen nicht lag, Interesse für eine Arbeit vorzutäuschen, von der sie nichts verstanden, fragte der Dichter, der wie ein Kosak aussah, den Dichter, der seit zehn Jahren und mehr nichts geschrieben oder nichts veröffentlicht hatte: Was macht eigentlich dein Sohn?

Das war das Thema, das den Dichter, der zehn Jahre und länger nichts veröffentlicht hatte, interessierte. Jedenfalls zog er sofort seine Brieftasche, entnahm ihr Amateurfotos, die vom Vorzeigen schon abgegriffen waren. Die Fotos waren, wie das bei Amateuren der Fall zu sein pflegt, aus großer Entfernung gemacht, damit auch alles, auch ein tüchtiges Stück Garten, mit draufkommt.

Der Dichter, der seit zehn Jahren und länger nichts geschrieben oder nichts veröffentlicht hatte, und sein kleiner Sohn waren auf diesen Fotos so weit in den Garten hineingerückt, daß man ihre Gesichter, die Fotos waren auch unscharf, nur mit Mühe erkennen konnte. Der Sohn reichte dem Vater bis an die Jackentasche, und der Dichter, der aussah wie ein Kosak, spielte den Überraschten. Was, so groß ist er schon?

Ja, so groß ist er schon, sagte der andere Dichter, und es klang stolz.

Er sieht deiner Frau ähnlich, sagte der Dichter, der aussah wie ein Kosak, obwohl er es bei der Qualität der Fotos nur vermuten konnte.

Der andere Dichter schwieg.

Es paßt dir wohl nicht, sagte der Dichter, der wie ein Kosak aussah, ich mein, es paßt dir nicht, daß er deiner Frau ähnelt?

Es paßt mir schon, sagte der Dichter, der zehn und mehr Jahre nichts veröffentlicht hatte, außerdem mußt du wissen, daß er bis jetzt nur Russisch spricht.

Das ist ja schwierig, sagte der Dichter, der wie ein Kosak aussah, denn wie ich weiß, verstehst du nicht viel Russisch.

Der Dichter, der zehn Jahre und länger nichts geschrieben oder nichts veröffentlicht hatte, lächelte überlegen und sagte: Ich mache den Dolmetscher. Und obwohl diese Antwort ganz unlogisch war, begnügte sich der Dichter, der wie ein Kosak aussah, mit ihr und sagte: Du machst also den Dolmetscher, den Dolmetscher, ha, ha, gut, also den Dolmetscher, ausgezeichnet!

Der Dichter, der zehn Jahre und mehr nichts veröffentlicht hatte, steckte die Amateurfotos sorgsam wieder in die Brieftasche und war sehr zufrieden mit dem Gespräch, in das er verwickelt worden war, denn nun wurden sie weitergeschoben, und er mußte sich wieder Zahnräder und Frästeile ansehen, von denen er nichts verstand und von denen er letzten Endes nicht wußte, wozu sie gut sein sollten, und er mußte sich wieder über die Eitelkeit jenes Akademiemitgliedes ärgern, das im Urberuf Schauspieler war und das so tat, als ob es was von Zahnrädern und Frästeilen verstünde.

Sie wurden in eine große Montagehalle geführt. Die Montagehalle hatte ein Glasdach. In der Halle gabs die verschiedenartigsten Geräusche. Es wurde Metall an Schleifmaschinen abgeschliffen, und es wurde Metall maschinell gesägt. Wenn man zum Glasdach hinaufblickte, konnte man denken, daß in der Montagehalle tags zuvor Fastnacht gefeiert worden war. Unter dem Glasdach waren verschiedenfarbige Kunststoffbeutel aufgehängt, den Zuckerhüten gleich, die man als Kind noch kennenlernte. Die Beutel hingen mit den Spitzen nach unten und waren mit irgendeiner Kunststofffaser-Masse gefüllt. Das Ganze war eine Einrichtung, die die Geräusche, den Schall, der unten bei den verschiedenen Arbeiten entstand, dämpfte, fraß oder dämpfen und fressen sollte. Einhundertundzwanzigtausend Mark, die Anlage, schrie der Werkdirektor, sie muß sich natürlich amortisieren.

Wie amortisiert sie sich? schrie der Dichter, der wie ein Kosak aussah und das mit der Geräuschfresserei genau wissen wollte. Sind die Arbeiter nach der Schicht nicht mehr so nervös und abgespannt, kann man das messen?

Der Werkdirektor mit dem gewellten Haar, das wie onduliert aussah, wurde ein wenig verlegen, aber wirklich nur ein wenig und ein ganz kleines Weilchen, und dann schrie er, belustigt über die naive Frage des Dichters: Früher mußten wir Erschwerniszulage zahlen, zwanzig Pfennig pro

Mann und Stunde. Jetzt brauchen wir die nicht mehr zu zahlen.

Das ist also die Amortisation, schrie der Dichter, der alles genau wissen wollte.

Das ist die Amortisation.

Und die Arbeiter, die sind sehr zufrieden mit dieser Maßnahme?

Das ist es eben, sie sind nicht zufrieden, das Geld, der Zuschlag fehle ihnen, sagen sie.

Aber ist denn gemessen worden, ob die Anlage wirklich einen erheblichen Teil der Arbeitsgeräusche schluckt? schrie der Dichter, der alles genau wissen wollte, und der schon ein wenig heiser geworden war. Ich würde von den Geräuschen, die, trotz der Anlage, auf mich einströmen, nervös werden.

Ja, Sie, schrie der Werkdirektor, aber die Anlage muß sich amortisieren, das sehen Sie doch ein!

Man könnte aber doch wohl, wenn sich die Anlage amortisiert hat, man kann den Zeitraum ja ausrechnen, den Arbeitern die Erschwerniszulage wieder zahlen, schrie der Dichter, der alles ganz genau haben wollte.

Darüber ist noch nichts vereinbart, schrie der Werkdirektor und lächelte schlau.

14. Januar 1968

Einer seiner Tage

Das Aufstehen

Gegen zehn Uhr ging er zu Bett, um zwölf war er wieder wach, er aß eine Birne, schluckte zehn Hopfenperlen, rauchte sich eine Pfeife an und las dann. Er las sehr lange, wohl bis zwei Uhr morgens.

Er erwachte von den Schritten des Pferdemeisters. Der Schnee quietschte unter diesen Schritten, und er hörte das gummibereifte Rad des Schubkarrens über den splitternden Schnee schleifen.

Das Bett war warm, und das Zimmer war über Nacht sehr ausgekühlt. Er schlief, seiner *Glatze* wegen, stets mit einem bunten Käppchen aus Taschkent. Es war angenehm unter dem Deckbett. Er scheute den Sprung in die kalte Heubodenstube, und er erwog, ob er nicht weiterschlafen sollte, denn er war noch müde. Er hatte um sechs Uhr aufstehen wollen, doch er hatte vergessen, den Wekker zu stellen. Nun war es sechs Uhr dreißig, der Pferdemeister begann seine Arbeit stets um sechs Uhr dreißig. Er hatte so früh aufstehen und arbeiten wollen, schreiben wollen, weil er gehofft hatte, es würde ihm etwas einfallen. Jetzt merkte er, daß ihm nichts einfiel. Er hatte zu wenig Schlaf gehabt, und sein Kopf war taub, und es fiel ihm nichts ein.

Trotzdem stand er auf, doch er stand zu keinem bestimmten Zweck auf, weil ihm doch nichts eingefallen war. Er stand also auf, weil er ja doch aufstehen mußte, ob nun jetzt oder eine Stunde später. Er liebte es nicht, Sonntag damit zu feiern, daß er länger im Bett blieb als an Wochentagen. Er haßte das als ein Laster von *Spießern*. Er würde sich an den Schreibtisch setzen. Es gab da immer zu tun, auch wenn man keine Einfälle hatte. Er benahm sich wie ein Mensch, der mit seinen Tagen wuchern durfte, und er dachte nicht daran, daß der größte Teil seines Lebens schon vergangen war, und daß er es sich nicht leisten konnte, auch nur eine Stunde zu verleben, ohne sie im vollsten Bewußtsein zu verbringen. Er hatte doch eine Aufgabe, oder hatte er die nicht?

Anziehen

Er zog ein langes Unterhemd an und dicke graue Unterhosen dazu. Er zog die grüngrauen Rindslederhosen an, fuhr in die pelzgefütterten langschäftigen Stiefel und zog den grünen Rollkragenpullover drüber. Zwischendrein sah er zum Fenster hinaus, aber der Mond hatte sich hinter dicken Wolken verkrochen. Es war dunkel, und er konnte nicht erkennen, wie kalt es draußen war. Er zog eine schafpelzgefütterte Weste über und setzte die Kosakenpelzmütze auf. Es waren viele Handgriffe nötig, sich in den Zustand zu bringen, daß man nicht Schaden nahm, wenn man das Haus verließ.

Die Stiegen knarrten frostig, als er aus der Heubodenstube stieg. Die Scheiben der Glastür im Flur waren mit einer dicken Frosthaut überzogen. Tags zuvor hatten seine Söhne beim Spiel ihre Handabdrücke in den Frostbelag der Türscheiben hineintauen lassen, aber auch diese Taustellen waren schon wieder mit einer dünnen Frostschicht überzogen. Die Handabdrücke zeigten an, daß Zeit zwischen dem Spiel der Kinder und dem Morgen vergangen war.

Ofenheizen

Er ging in das Bad, denn dort stand der Ofen der Warmwasserheizung. Er stocherte mit dem Feuerhaken die zurückgebliebene Braunkohlenasche durch den Rost, zog den Aschenkasten heraus, räumte das Aschenloch, zündete eine Krume Kohlenanzünder mit dem Streichholz an, legte sie auf den Rost und breitete vorsichtig trockenes Holz drüber.

Er brachte den Aschenkasten auf den Hof in die Aschetonne. Der Schnee brummte unter seinen Pelzstiefeln, aber die Nase verklebte der Frost ihm nicht. Es waren nach seiner Schätzung zehn Grad, und er sah den grauen Morgenstreifen hinter dem Hochwald.

Er brachte den geleerten Aschenkasten zurück, nahm den Viertelkorb und holte trockenes Holz aus dem Stall, und dann holte er mit einem Eimer noch zweimal Briketts. Das Holzfeuer loderte bereits, und er schüttete die Briketts darauf, er hatte den Anstoß für einen Vorgang gegeben, den man Verbrennungsprozeß nennt, jenen Vorgang, der durch

Feuer Energien brennbarer Masse freisetzt, Energien, die man Wärme oder Hitze heißt; aber er dachte kein bißchen an diesen chemischen Prozeß. Er hatte eben Feuer gemacht, und er dachte auch nicht daran, daß er diesen Prozeß auslösen mußte, um Energien für seine Arbeit freizusetzen, die er, in einem Zimmer sitzend, verrichtete. Er wollte es warm haben. Er wollte sich wohl fühlen.

Morgenmarsch

Aber noch war das Zimmer kalt, und er fühlte bereits, wie ihm die Kälte unter die Kleider kroch. Er ging in den Pferdestall, begrüßte den Pferdemeister, wechselte ein paar Worte mit ihm und überprüfte den Gesundheitszustand der Pferde. Der Stall war von den Pferdeleibern erwärmt, obwohl die Stallfenster wie Eisblöcke aussahen, die man in die Mauern eingelassen hatte. Er ging hinaus, ging durch die Schneewehen, den Gartenweg hinunter, an den eingeschneit schlafenden Obstbäumen vorbei, auf den Hochwald und den Morgenstreifen zu, der breiter geworden war.

Am Waldrand lag Schnee, und der war bald tief und bald flach, und es gab Stellen, wo der Wind geküselt und dunkles Erdreich freigelegt hatte. Nun konnte er bis auf dreißig Schritt Entfernung die Koppelpfähle erkennen, denn der Himmel war schleiergrau geworden. Ein diesiger Morgen begann. Vom Stampfen durch den Schnee und vom Einatmen der Winterluft wurde ihm wohlig, und er ging langsamer, um nicht ins Schwitzen zu kommen.

Er sah, wohl an siebzig Meter entfernt, in der Genossenschaftskoppel dunkle Flecke. Zuerst dachte er, es seien kleine Kiefern, aber dann schienen sich diese Flecke zu bewegen. Es war vielleicht eine Täuschung. Wenn man dunkle Flecke auf einer weißen Fläche anstarrt, bewegen die sich, dachte er, und du weißt es schon von der Kindheit her. Trotzdem zog er die Lederhandschuhe aus, er konnte es sich jetzt leisten. Er klatschte mit den Lederhandschuhen gegen seine rindlederne Hose, und die dunklen Flecke bewegten sich heftig und verschwanden im Hochwald. Wildschweine. Er lachte, er fühlte sich wohl, und er dachte, jetzt ist dein Blut so gut in Bewegung, daß du es lange Zeit gut und wohlig haben wirst, wenn du am Schreibtisch hockst.

Waschen

Das Wasser im Boiler hatte sich erwärmt. Er ließ das kalte Wasser aus der Rohrstrecke vom Boiler zum Hahn ablaufen und benutzte die Zeit, seinen Oberkörper zu entblößen. Nun kam warmes Wasser aus dem Hahn, er tauchte den Rasierpinsel drein, näßte sich mit dem nassen Pinsel die Wangen, trug Rasierseife auf, verrieb sie zu Schaum, rasierte sich. Er dachte nicht daran, daß er sich mit dem Rasieren der mitteleuropäischen Mode anglich, die von einem Manne forderte, daß er glatt rasiert und unverkommen durch den Tag gehe. Er rasierte sich, weil man sich rasieren muß, und veranschlagte die Tage, die Wochen nicht, die er zeitlebens mit dem Rasieren verbrachte.

Dann seifte er sich den Oberkörper und spülte mit kaltem Wasser nach, frottierte sich. Sodann tat er etwas Überflüssiges und tat es mit Bewußtsein. Er klopfte sich den Kopf, den Hals, den ganzen Oberkörper mit den Fäusten, er tat das, um den Kreislaufstörungen entgegenzuarbeiten, die ihn dann und wann belästigten. Noch etwas tat er mit Bewußtsein. Er cremte sich das Gesicht und bearbeitete das Fettpolster unter seinem Kinn intensiv. Er tat es, um seine Gesichtshaut jung und geschmeidig zu erhalten. Er arbeitete dem äußerlichen Altern bewußt entgegen.

Arbeit

Er setzte sich an den Schreibtisch. Ein Einfall war ihm bei all den vorangegangenen Tätigkeiten nicht gekommen. Sein Gehirnteil, in dem Einfälle produziert wurden, der Teil, in dem Einfälle einfielen, schlief, war taub, hatte eine Störung. Wie störanfällig ist eine Telefonleitung, und um wieviel komplizierter ist ein Hirn als eine Telefon-Apparatur. Er wußte aus Erfahrung, daß man Einfälle nicht herbeizwingen konnte, daß man geduldig, ja, ergeben auf sie warten mußte.

Er schrieb Briefe, beantwortete Briefe, antwortete auf Fragen von Leuten, von denen er die meisten nie gesehen hatte. Er befriedigte Freundeswünsche, verpackte Bücher und machte die Päckchen postfertig. Alles das war nicht seine eigentliche Arbeit, die darin bestand, Erfahrungen zu machen und sie in der ihm gemäßen Weise schriftlich niederzulegen. Das Briefebeantworten war eine Nebenarbeit, die seine eigentliche Arbeit, das Veröffentlichen von Erfahrungen, mit sich brachte.

Diese Nebenarbeit verrichtete er, wenn seine eigentliche Arbeit gut florierte, nur mit Widerwillen, denn es war eine Arbeit, die viel Lebenszeit fraß. Mit weniger Widerwillen verrichtete er diese Arbeit nur, wenn er sich leer und ohne Einfälle fand.

Der Ritt

Er sattelte seine Lieblingsstute und halfterte zwei weitere Stuten auf, zog sich warm an und ritt in die verschneiten, verfrosteten Wälder. Er nahm sich dabei nichts vor, dachte nicht einmal an ein Wegziel. Er saß auf der Stute, deren Rücken ihn angenehm wärmte, ritt im Schritt durch die Schneewehen, ließ das Pferd dann und wann traben und ließ sich durchschütteln.

Jetzt war er nur ein großes Sehen. Er verhielt sich passiv und ließ sich auf keinen Gedanken ein, der nicht von etwas, was er sah, ausgelöst wurde. Manchmal waren seine Erlebnisse (Auseinandersetzungen, Erfahrungen, die er beispielsweise in der Stadt gemacht hatte) recht fürwitzig und versuchten, seine Gedanken zu beherrschen. Er schob sie zurück, er hatte sich beigebracht, wie man das macht. Er hatte Übung darin, wieder in den Zustand des reinen Anschauens zurückzukehren. Das war sein produktivster Zustand, wußte er, ob er dabei sogleich zu Ergebnissen kam oder nicht. Er wußte, daß ihm das rein Angeschaute, ob es nun sofort Gedanken in ihm auslöste oder nicht, doch zur Verfügung stehen würde, und zwar später, wenn er es benötigen würde, und daß es dann als eine Art Eingebung vorhanden sein und auf ihn zukommen würde.

Er ritt durch einen halbwüchsigen Wald, ritt auf einer Schneise, die nicht einmal von Wildspuren durchsteppt war. Alle Kiefernstämme rechts und links der Schneise waren mit herangewehtem Schnee bedeckt, waren gescheckt, und das Weiß des Schnees überwog auf ihren Stämmen und verlieh ihnen das Leichte und das Lichte und die Freundlichkeit von Birkenstämmen. Er ritt in einer Landschaft, die, wie sie jetzt im Augenblick war, niemand vor ihm gesehen hatte, die auch niemand nach ihm so sehen würde. Etwas Goldenes tat sich ihm auf, und der Begriff Märchen produzierte sich in ihm. Er ritt auf einem Schimmel, und zwei ungesattelte Schimmel folgten ihm.

Er ritt quer über die zugeschneite Landstraße, über die Spuren hinweg, die sich einige Fahrzeuge mühsam auf ihr gebahnt hatten. Ein Gedanke blitzte auf: Mühselig gebahnte Wege, die zum Eigentlichen führen. Er beschloß, einmal aufzuschreiben, was alles er an einem Tage tat, tun mußte, um zum Eigentlichen zu kommen.

Er war wieder daheim, sattelte ab, deckte die Pferde ein, zog sich um, warf wieder Holz und Kohle auf den Heizofen der Warmwasserheizung, um es warm zu haben, dann setzte er sich an den Schreibtisch und schrieb den Einfall auf, den er im Walde hatte. Er behandelte ihn wie einen Befehl.

15. Januar 1968

Schneenotstand

Schnee, in dem du bis zu den Knien versinkst. Frost, vor dem du dich nur mit den dicksten Kleidungsstücken schützen kannst. Verschneite Eisenbahnschienen, verwehte Landstraßen. Die Versorgung der Menschen in abgelegnen Dörfern, mit Nahrungsmitteln, ist in Frage gestellt. Wasserleitungen frieren ein. Der Schneenotstand wird ausgerufen. Die Bevölkerung wird aufgefordert, mit Elektrostrom zu sparen. Handel und Wandel geraten ins Stocken.

So sieht es in unserem Landstrich aus, wenn einmal ein paar Tage hintereinander Schnee fällt und wenn der Frost zehn Grad unterschreitet. Da bekommt man einen Begriff von dem, was eintreten würde, wenn sich die Jahreszeiten und die Polregionen der Erde willkürlich verschöben. Man denkt aber auch, um einen solchen Kälteeinbruch nicht überzubewerten, an die Leningrader während der Blockade, und sobald man daran denkt, muß man über unser ganzes Notstandsgehabe lächeln.

Und dann, über Nacht, schlägt das Wetter um. Eine Nacht und einen Tag brauchts, da kriecht die Quecksilbersäule von zehn Grad minus auf zehn Grad plus. In vierundzwanzig Stunden ist der Schnee davon, und wir haben trockene Erde unter den Füßen.

Es wird Hochwasserwarnung ausgegeben. Und wieder denkt man an die großen Frühlingsüberschwemmungen in Rußland. Die sind dort in den Jahreskreislauf einbezogen, und niemand fällt es ein, ihretwegen, wie im dichtbesiedelten Mitteleuropa, den Notstand auszurufen.

21. Januar 1968

Die Wildsau im Kartoffelfeld

Ganz gleich wie, aber heute wird die Wildsau abgeschossen, sie macht uns nachts das Kartoffelfeld zunichte, sagte der Jäger zu seiner Frau. Er versah die Frau mit einer Taschenlampe und nahm sein Gewehr. Sie stellten sich am Feldrand auf. Wenn ich sage *Jetzt!* schaltest du die Lampe ein! sagte der Jäger.

Sie lauschten, und nach einer Weile hörten sie die Sau im Feld rumoren. Sie war noch nicht nah genug, aber sie hörten, wie sie sich näherte. Der Jäger entsicherte die Flinte. Die kleine Frau hatte den Daumen auf den Schaltknopf der Lampe gelegt. Jetzt war die Sau nah genug, sie war in Schußnähe. Der Jäger stieß seine Frau an, die Frau schaltete die Lampe nicht ein, ihr Mann hatte nicht *Jetzt!* gesagt.

In diesem Augenblick begann das, was sie für eine Sau hielten, zu sprechen: Na, wo ist denn der Haken, an dem ich aufgehängt werden soll.

Die Jägersleute erstarrten. Der Jäger sicherte das Gewehr und dankte Gott oder dem Schicksal. Die Frau des Jägers knipste die Lampe an, sie sahen eine Frau über das Kartoffelfeld kriechen, eine Frau mit zerzaustem Haar, in einer Trainingshose und mit einer schwarzen Männerjacke bekleidet. Nun hängt mich schon auf an dem Haken, sagte die Frau.

Die Jägersleute nahmen die Frau mit ins Haus, sie war halbverhungert und verschlang große Mengen Kuchen. Die Frau war irre. Ihren verwirrten Erzählungen war diese Geschichte zu entnehmen:

Sie hatte von der Verwaltung der benachbarten Stadt ein altes Sofa gekauft. Beim Säubern des Sofas hatte sie in den Sprungfedern eine Geldsumme von siebentausend Mark gefunden. Die Frau wollte das Geld bei der Stadtverwaltung abliefern. Ihr Sohn war dagegen. Er kaufte sich ein Motorrad und verbrachte das übrige Geld. Die Sache kam auf. Der Sohn wurde zur Rechenschaft gezogen, die Frau wurde darüber irr, sie bildete sich ein, man werde sie für die Untat an einem eisernen Haken aufhängen. Sie war seit drei Tagen unterwegs gewesen, war sogar durch einen See gewatet, die Polizei suchte sie.

Der Jäger wurde noch immer blaß, wenn er die Geschichte erzählte.

27. Januar 1968

Brecht

„Für Dich" brachte zwei Seiten Brechtgeschichten aus dem „Schulzenhofer Kramkalender". Die Zeitungsveröffentlichungen über Brecht werden dichter, es geht auf seinen siebzigsten Geburtstag zu. Kein Mensch wird erwähnen, was er sich alles hat gefallen lassen müssen. Er ist jetzt ein politischer Exportartikel. Die linken Leute in den kapitalistischen Staaten haben sich seiner bemächtigt. Wir schlagen uns an die Brust, aber nicht büßerisch und abbittend, sondern gebläht vor Stolz über unsere Verdienste: Seht, er hat unter uns gelebt! Ach, wer weiß schon, wie schwer es ihm manchmal wurde, unterm Ansturm der Dummköpfe aller Spielarten zwischen uns zu leben!

29. Januar 1968

Briefe

Mein Schreibtisch gleicht dem blätterbedeckten Boden im Herbst. Papierblätter mit den Unterschriften von vier-, fünfhundert Leuten, die in den letzten Monaten etwas von mir wollten. Vielleicht wollten zwanzig, dreißig Leute mir wirklich nur sagen, daß ihnen eines meiner Bücher gefiel. Aber sie hoffen doch insgeheim auf einen Dank, eine Verwunderung über ihre Freundlichkeit.

Ein großer Teil der Briefschreiber verbindet seine kleine Lobelei aber mit direkten Fragen und Forderungen. Manche Leser verstecken sich hinter Kollektiven, Schulklassen, Klubs, um mir die Zusage abzunötigen, mich ihnen *körperlich* zu zeigen.

Ich ordne all diese Briefe von Monaten in Mappen. Die Mappen tragen Titel: „Schulklassen", „Kinderaufsätze", „Bekannte" (dahinter verbergen sich die, die öfter oder fast regelmäßig schreiben) oder „Kuriosa" und so weiter.

Wenn das alles in den Mappen zur Ruhe gebracht ist und mir nichts mehr aus den Schubladen des Schreibtisches entgegenquillt, so hats für mich das Aussehen eines geharkten Hofes. Niemals, das weiß ich, werde ich mir Zeit gönnen, in diesen Mappen zu blättern.

Und weshalb ordne ich da alles so sorgsam? Weshalb steck ich nicht alles in einen Sack und bring es in die Abfallgruben hinter dem Dorf? Da soll wohl auch eine Spur von meiner Arbeit bleiben, die sich nicht zwischen zwei Buchdeckeln niederschlug? Der Mensch ist ein merkwürdiges Gebilde!

31. Januar 1968

„Bienkopp" in Indien

In Schulzenhof erwartete mich ein Päckchen aus Neu Delhi. Es war der „Bienkopp" im indischen Gewande. Ole Bienkopp, der vielleicht wenig von Indien, seiner Philosophie und Weisheit gewußt hat, weilt also nun *persönlich* in Indien. Ich kann kein Wort des Romans lesen, nicht einmal meinen Namen. Der Roman ist in die Sprache Hindi übersetzt. Seine Übersetzung in Pandschabi soll folgen. Der Vorgang ist kühner als meine Träume.

Es muß in den zwanziger Jahren gewesen sein (die genaue Jahreszahl konnte ich in zwei unserer Lexika nicht entdecken), da Tagore Deutschland bereiste, und daß ich von seiner Existenz erfuhr. Sein erstes Buch hielt ich wohl neunzehnhundertvierzig in der Hand. Es war in dem kleinen Haus in der niederen Stube in Bad Blankenburg, wohin ich mich als Zellwollarbeiter geflüchtet hatte. Tagores Buch „Nationalismus", das aus dem Geiste des Anti-Imperialismus geschrieben war, bestärkte mich in meiner Haltung gegen die Welteroberer. In dem Buch war ein Porträt von Tagore, und ich weiß noch, daß mir die Tränen kamen, als ich es an einem Nachmittag in meiner einsamen Stube betrachtete. Ich sah in die Augen meines Großvaters väterlicherseits. Aus dem Gesicht Tagores sprach mich soviel Verwandtes an, daß ich lange darüber nachdenken mußte und wohl zum ersten Male zu spüren bekam, daß weder nationale Grenzen noch Rassen Einfluß darauf haben, wie sich das Innenleben eines Menschen in seinem Gesicht manifestiert.

Später las ich alles, was von Tagore bei uns übersetzt ist, ausgenommen seine Romane und Dramen. Ich las also seine Gedichte, seine philosophischen Abhandlungen und Essays, zumal die über Kunst und den über Persönlichkeit. Nie aber hätte ich, noch vor einem Jahr nicht, zu hoffen gewagt, daß eines meiner Bücher, und nun sogar das hier bei uns am heftigsten umstrittene Buch, nach Indien gelangen und dort übersetzt werden könnte. Ich stehe ehrfurchtsvoll vor diesem Wunder. Das konnte wohl nur geschehen, weil ich in diesem Buch niederlegte, was ich wirklich sah und fühlte. Das allein scheint mir heute der Schlüssel zu sein, mit dem man in den Bereich der Weltliteratur eindringt.

2. Februar 1968

Gegen Sektiererei

Wer in der Religion, in der Philosophie, in der Politik gegen jede Art von Sektiererei ist, sollte doch wohl auch in der Kunst gegen Sektiererei gefeit sein. Gestern abend sah ich im Televisor zum ersten Mal Brechts „Gesichte der Simone M.“. Ich sah viele Wiederholungen Brechtscher Theatergags, und bei den Gesten mancher Schauspieler hatte ich den Eindruck, daß sie die, wie ihre Kostüme, aus einem Schrank genommen zu haben schienen, in dem Gesten, die beim sprachlichen Zerhacken Brechtscher Texte benutzt werden müssen, numeriert wie Schlüssel am Brett hingen. Und an vielen Stellen des Stückes mußte ich den Ekel zurückdämmen, der einen ankommt, wenn einem etwas *routiniert* dargeboten wird.

Es wurde mir klar, daß man zur Zeit auf dem Theater nichts machen kann und soll, weil die Bühne und alle mittleren Geister dort verstopft sind von Brecht. Wie er wohl reagiert hätte, wenn er das noch zu wissen gekriegt hätte?

„Bienkopp" in Frankreich

Die Redaktion des „Sonntag" ließ von Pierre Laceux Recherchen über die Wirkung des „Bienkopp" in Frankreich machen. Man veranstaltete zum Beispiel eine Diskussion mit Arbeitern und Ingenieuren der Renault-Werke. Sie wäre sicher interessanter gewesen, wenn sie die „Sonntag"-Redaktion nicht verschnitzelt und mit Akzenten versehen hätte, die das, was man hierzulande als das Negative an diesem Roman bezeichnet, herausstellten.

Die Redaktion? Ihr Chefredakteur tat es, weil er unsicher war, ob solche Wirkungsrecherchen, besonders über den „Bienkopp", obigerseits erwünscht seien. Nun ists jedoch eingetreten, daß die Wirkung eines DDR-Romans in Frankreich – sein Erscheinen in Indien hat noch niemand zur Kenntnis genommen – unsere Kulturpolitiker erfreut. Diese Nachricht macht bei ihnen die Runde, und der in der Diskussion hierzulande abgewertete Autor wird notgedrungen etwas aufgewertet. Ein amüsantes Schauspiel für mich, wenn N. N. in seiner Rede vor den Akademiemitgliedern jetzt erklärt, daß man *Meisterwerke* wie „Bienkopp" schaffen müßte, wenn erreicht werden soll, daß im westlichen Ausland Interesse für die Probleme der DDR geweckt wird. Das ausgerechnet mußte N. N. sagen, der mit zu den Abwertern gehörte, als der Roman hier diskutiert wurde!

Wie schön wärs, würde man da nur etwas ähnliches hören wie: Freunde, ich habe mich damals bei der Beurteilung geirrt! Wie groß könnte ein solcher Satz einen N. N. machen!

Da konnte R., der sich für den Roman schlug, bis er sich, bei Strafe, seine Funktion zu verlieren, öffentlich *korrigierte*, schon ein bißchen schmunzeln, aber nur ein bißchen, wirklich, denn ein Umfall bleibt ein Umfall.

Ach ja, der „Bienkopp“, über den man schon längst glaubte zur Tagesordnung übergegangen zu sein, macht unseren Dogmatikern und Scholastikern nach wie vor zu schaffen! Mich freute ganz etwas anderes an diesem Aufwind aus Frankreich. Ich freute mich, daß in den Zeitungsbesprechungen, in *Links*- und *Rechts*blättern, aufgespürt wurde, was ich künstlerisch Neues versucht habe. Verkürzungen, Verknappungen, Filmschnitt-Technik und so weiter.

10. Februar 1968

Am Abend in der Vorstellung „Die Mutter“. Die Weigel hat mich beeindruckt wie vor Jahren. Große Schauspieler sind Naturkräfte. Der Regen durchnäßt dich, ob du willst oder nicht, wenn du dich ihm aussetzt.

Zwei Brecht-Adepten; man könnte sie auch Brecht-Ideologen, auch Brecht-Priester nennen, schütten maßgebliche und unmaßgebliche Äußerungen, Spekulationen und was sie sich so über Brecht und sein Werk zusammengedacht haben, über die stöhnende Brecht-Gemeinde aus. Ich kann mich des Eindrucks nicht erwehren, am Sonntagsvormittagsgottesdienst einer Sekte teilzunehmen, und diese Sekte ist mit ihrer Auslegung der Gottesidee schon bei der Scholastik angekommen. Gegen zwei wesentliche Maximen des Meisters verstoßen sie.

Erstens: In Deutschland ist lang immer gleich groß, eine lange Rede ist bei den Deutschen immer eine große Rede.

Zweitens: Eine Sitzung, die länger als eine Stunde dauert, taugt nichts. Der eine der Adepten sprach anderthalb, der zweite zwei Stunden, aber auch die Mitglieder der Gemeinde hatten vom Meister nicht gelernt, sie ließen das Vielgerede ohne Protest über sich ergehen. Jedes Prinzip ist tödlich, sagte Brecht auch.

Abends im Berliner Ensemble „Tage der Commune“. Da wurde uns klar, wie viele Standardnummern es gibt, die durch alle Brecht-Stücke gehen, von denen sogar auch einige in „Katzgraben“ angesiedelt wurden. Immer wieder höre ich den Alten bei der Konstruktion eines Stückes sagen: Wir bräuchten da an dieser Stelle was mit ein paar Fischweibern! Ja, eines der hervorstechendsten Beispiele sind seine Fischweiber. Sie ziehen, derb sprechend, derb-erotisch und ums tägliche Brot philosophierend, durch seine Stücke, ob sie da als Fischweiber deklariert sind oder nicht. Er hatte eine Anzahl von Grundsymbolen für die Darstellung von Lebensvorgängen, die er immer wieder bemühte. Nie ist uns das so aufgefallen wie gerade nun in der Brecht-Woche, wo wir ein Stück nach dem anderen von ihm sahen. Als wir das entdeckten, stand er ein bißchen arm vor uns, nur in dieser Hinsicht freilich.

13. Februar 1968

Fahrt nach Bohsdorf

Es schneit dünn, der Winter läßt, hoffentlich, seinen letzten Zipfel sehen.

Bohsdorf. Die Eltern. Die Gespräche mit den Eltern, sie werden unterbrochen, häufig, Leute bringen Eier. Der Vater trägt – ächzend, wie er sein Leben lang schrieb – Eiergewichte in Listen ein, ordnet Eier in Kisten. Die Eierbringer in Vaters Sammelstelle lugen, wenn sie ihr Geld vom Küchentisch nehmen, rasch um den Türpfosten, alte Frauen, alte Männer, die mit mir in die Dorfschule gingen. Liest du noch? frag ich den alten Dorfschulkameraden.

Ab und zu les ich, ja, sagt er. Die Antwort hätte nicht anders ausfallen können, wenn man gefragt hätte: Rauchst du noch? Im Alter gewöhnt man sich so Jugendtorheiten ab, Rauchen, Lesen, über Zäune klettern, Mädchen besteigen.

Man schenkt dem Kameraden unterm Zwang einer merkwürdigen Eitelkeit dennoch das letzterschienene Buch von sich. Er dankt und legts in den Eimer, in dem er die Eier brachte, die sich seine dreißig Hühner unterm Ansturm der milden Winterwitterung aus dem Legeteil preßten. Man weiß schon, unter welchem Aspekt er das Buch lesen wird: Ja, wenn man Zeit hätte, wird er denken, könnte man das alles selber auch so aufschreiben. Man sieht ja auch dies und das und macht sich hin und wieder seine Gedanken dazu. Aber hat man Zeit? Nun muß man wieder ein bißchen Geld zusammenscharren für den jüngsten Sohn, den Maurer, der beim Militär ist. Er wird einen neuen Anzug brauchen, und heiraten will er, wenn er ins Zivilleben steigt.

Er hat wohl Furcht vor meinen Blicken, der alte Schulfreund, vielleicht sind sie ihm zu scharf, vielleicht fürchtet er, daß sie seine billigen Ausreden spöttisch entlarven könnten. Seine Augen sind hinter dicken Brillengläsern verschanzt, die dicken Brillengläser mit den zehnpfennigstückgroßen glattgeschliffenen Ausgucken sind auf meinen Vater gerichtet, wenn er erzählt.

Strahlt man wirklich etwas aus, was er fürchten muß? Ists seine Seele, für die er fürchten muß, daß sie sich ihrer Jugendträume erinnern und ihn untauglich machen könnte, seine Scheinpflichten zu erfüllen?

Daheim in seiner Arbeitsstube denkt man zuweilen an den Tod, aber jetzt, da man vor den neunundsiebzigjährigen Eltern sitzt, kommt man sich vor wie ein Jugendlicher, der im Gedankenspiel mit dem Sterben kokettierte. Zuerst wird mal hier gestorben. Das scheinen die Gesichter der Eltern zu sagen. Zuerst wirst du mal hier erproben, wie man mit dem Tod fertig wird, wenn er dir auf den Pelz rückt!

Das ist nun die indische (Hindi) Übersetzung meines letzten Romans. Ich bin stolz darauf. Gerade diese indische Übersetzung macht mich stolz, sagt man, und man begründet zu allem Überfluß, weshalb man stolz drauf ist.

Gleich drauf schämt man sich über diese Eitelkeit, die von weit hinten aus der Kinderzeit herkommt. Man war nicht der tüchtigste Sohn seiner Eltern. Alle Geschwister waren tüchtiger, stiegen, ohne viel zu fragen, in das ein, was daheim das Leben genannt wurde. Das Leben ist nun einmal so, fertig! Was dieser eine Junge (war er nicht ein Kuckuck im Bachstelzennest?) nur zu fragen und zu deuteln hatte? Lehrjahre sind keine Herrenjahre! Weshalb nimmt er das nicht zur Kenntnis wie seine Geschwister? Dieses unproduktive Nachdenken über die Lebensvorgänge! Er steht sich damit nur selber im Wege!

Und die Eltern nehmen das indische Buch ihres Sohnes ein bißchen verlegen, fast gequält in die Hände und ringen sich ein theatralisches Erstaunen ab. Man hätte das wissen müssen, man hätte wissen müssen, daß man jemanden in eine peinliche Lage bringt, dem man vorführt, daß er sich in der Vergangenheit ein vorschnelles Urteil über einen bildete, ein Urteil, das jetzt nicht mehr stimmt.

Möge dieser kleine eitle Auftritt der letzte gewesen sein! Möchte es das letzte Mal gewesen sein, den alten Eltern beweisen zu wollen, daß ihr sonderbarer Sohn das Leben doch noch meisterte, auf eine Weise meisterte, die sich ihrer Beurteilung entzieht.

Man schläft in der Stube, in der man als Kind schlief. Man starrt den grünen Kachelofen beim Einschlafen an und das Rohr der Lichtleitung. Zwei alte Zeugen aus der Zeit, da man sich mit Tolstois Lebensbeichte, aber auch mit Mathematik und Latein und noch mehr mit der ersten Liebe zu einem Mädchen abquälte. Martel hieß sie, ja, Martel hieß sie wohl. Man hatte sie mit zusammengepreßten Lippen im Wäldchen, fünfhundert Meter vom Elternhause, geküßt. Nicht der Rede wert? O doch, denn mit dieser Martel drängten sich die Frauen in mein Leben. Oder zog ich sie hinein? Jedenfalls wars damals, daß ich das erste Häppchen vom Brot der Unruhe herunterbiß. Soll man sie schmähen, diese Unruhe? Vielleicht war es gerade sie, die mich produktiv machte, produktiv erhielt.

Nach Berlin zurück. Eine Jahreszeit, die herumhopst: Am Vortage im Winter, nun wieder im Frühling. Die Bäume im Wald an der Autobahn verraten mit den Gesichtern der Rinden, daß die

Säfte in ihnen schon steigen, aus den Wurzeln zu den Zweigen hin.

Müde, man ist die ganze Zeit müde, man ist der Stadt und des intellektuellen Getriebes der Brecht-Woche müde.

Abends aber doch wieder im Theater: „Der Brotladen“, ein von Brecht hinterlassenes Stückfragment. Wieder begegnen uns aus seinen späteren Stücken hinlänglich bekannte *Nummern.* Unsere Ansicht, die sich in den Vortagen bildete, wird bestärkt.

Wie eine Staubwand in der Luft steht jetzt schon Zeit zwischen mir und dem Besuch in der Heimat und bei den Eltern. Da war ich klein und die Düfte mir nahe, wie nah meinem Munde der Schwertlilienkelch.

15. Februar 1968

Den Tag über gesessen und geschrieben. Wirklich, ich ging tagsüber nicht an die Luft, ich war stadtmüde und kroch lieber in die Buchstaben und Worte und stellte mit ihnen zum Beispiel einen Maimorgen in der Geschichte „Zwei Männer auf einem Wagen“ her. Auch machte es mir mehr Vergnügen, in Gedanken, die ich aufschrieb, im Heimatdorf Bohsdorf umherzulungern, als auf den Stadt-Straßen zu spazieren.

Am Abend wieder im Theater: „Mann ist Mann“. Nun reicht es mir, denn wieder war von Fischweibern und Huren die Rede, und wieder konnte man, auch in diesem Stück, bereits mehrmals gehabte

Nummern und Wendungen finden. Die Schauspieler schufteten, wirklich, wirklich und wahr, das Stück ist Arbeit, Schwerarbeit, kein Spiel mehr, man roch nicht nur den Schweiß, man sah ihn fließen. Trotzdem gabs Längen über Längen, trotzdem drohten einzelne Szenen noch und noch auseinanderzufallen. Ich weiß, ich werde mir auf Jahre kein Brecht-Stück mehr ansehen. Nein, nicht so kategorisch! „Die heilige Johanna" und „Coriolan" sehe ich noch an und dann nichts mehr, bis „Courage", „Puntila" und „Kreidekreis" oder „Galilei" wieder zu sehen sein werden.

20. Februar 1968

Literarische Vergleiche

Die Griffe des Schubkarrens waren mit Reif bedeckt. Der Reif taute in seinen warmen Händen, und die Griffe wurden glitschig. Auch die Koppelstangen waren mit Reif überzogen, und wenn er dranpackte, erinnerte er sich des Griffs nach der filzüberzogenen Feldflasche, die er stets mit Ekel an seinen Mund gebracht hatte, früher, im Kriege. Er dachte dran, daß alle oder viele Dichter die Reifschicht auf Bäumen und sonstwo mit Samt verglichen, und daß das ein bequemer Vergleich nach dem Schönen zu war, ein verniedlichender Vergleich, ein Vergleich aus dem Fenster oder aus warmen Handschuhen heraus, ein Vergleich, an dem nur die Augen, nicht aber die bloßen

Hände beteiligt waren. Ihm glich der Reif, wenn er hineingriff in diese glitschige Kälte, einer kalten Schimmelschicht.

Das Morgenlicht war nicht fahl, sondern dünn, und es lockte der Reifschicht noch kein verschönerndes Schimmern ab, von dem bei den Dichtern häufig die Rede ist.

2. März 1968

Vor dem Einschlafen

Wenn die Zeilen im Buche, das er las, zu verschwimmen begannen, und wenn der Satz, den er zuletzt und nur halb gelesen hatte, sich mit Gedanken mischte, die von jenseits des Wachbewußtseins herdrangen, und wenn der Satz von dorther einen Sinn erhielt, der ihm von seinem Verfasser nicht zugedacht war, wußte er, daß die Hopfenperlen, die er vor dem Zubettgehen gegessen hatte, zu wirken begannen und daß er einschlafen würde. Er tastete mit der Hand über seinen Kopf weg zum Knopf der Nachttischlampe, die in einer Nische des Bücherregals stand, und löschte das Licht und war darauf bedacht, die Halbdämmerstimmung, in der sich sein Hirn bereits befand, nicht zu zerstören. Sodann knickte er den linken Zipfel seines obersten Kopfkissens um. Obwohl er stets mit drei Kopfkissen schlief, versuchte er durch das Umknikken des dritten Kopfkissens die Höhe von vier Kissen herzustellen, und er schob seine flache Hand außerdem zwischen den umgeknickten Kissenzipfel und seine linke Wange, denn er suchte stets auf der linken Seite liegend einzuschlafen. Dann rief er, wenn das Liegen im Halbdämmer es noch zuließ, das Gefühl in sich hervor, daß ihm Kraft für die Arbeit des kommenden Tages zuströme und daß die Wände, an die er während des Schreibens tagsüber gestoßen war, sich nachts öffnen würden und daß er am Morgen nur würde nach der fertigen Lösung zu greifen brauchen. Wenn man ihn gefragt hätte, woher er diesen Kraftzuwachs während der Nacht erwartete, so hätte er vielleicht etwas von der Nachtarbeit des Unterbewußtseins gestammelt, denn einen personifizierten Gott gabs für ihn seit den Jugendjahren nicht mehr, aber das mit dem Unterbewußtsein wäre nur eine Ausrede gewesen, denn er wußte genau, daß Begriffe wie Unterbewußtsein oder Instinkt nichts als Aufklebezettel für Schnellhefter waren, die die Wissenschaftler mit unbearbeitetem Inhalt in ein Ablegefach ihres Aktenschrankes gestellt hatten. Hinter diesen unbearbeiteten Akten, wußte er, begann die Welt, die sich nicht erklären ließ, die zerrann, entschlüpfte, sobald man sie in Begriffe zu pressen suchte. Hier war die Welt, in der nur noch die Erfahrungen des einzelnen galten, hier begannen die Tatsachen, die nur für einzelne Gültigkeit hatten, hier war die Welt, über die nicht zu reden war, wenn man nicht in den Geruch eines Propheten kommen, wenn man nicht einen Mystiker abgeben wollte, denn das, wußte er, waren verzerrende Einseitigkeiten, die einem Künstler ebensowenig anstanden, wie ein Sektierer zu sein, menschliche Einseitigkeiten, Spezialistentum, das die Kunst zerstörte. Manchmal freilich fragte er sich, woher er die Sicherheit nähme, daß er am nächsten Tage erwachen und wieder würde an die Arbeit gehen können. Er war durchaus in dem Alter, in dem der Tag, den er soeben durchlebt hatte, der letzte seines Lebens hätte sein können. Diese Frage wurde laut und lauter und taufte seine Sicherheit, den nächsten Tag zu erleben, in Unsicherheit um, und er wurde wieder ganz wach, und er dachte an die Arbeit, die unbeendet auf seinem Schreibtisch lag, und er wurde unruhig und nahm sich vor, am nächsten Tag, an allen Tagen, die ihm noch verbleiben würden, mehr auf die Zeit bedacht zu sein, sie besser für sein Werk zu nutzen.

Damit war er wieder so wach, daß er aus dem Bett stieg, wieder Hopfenperlen schluckte, sich wieder niederlegte und las und den Schlaf erwartete, weil er wußte, daß er einem neuen Tag, sofern er ihn erleben sollte, unausgeschlafen überhaupt nichts abgewinnen würde.

Aber so war es nicht immer, wenn er einschlief. An den meisten Tagen war es so, daß das, was er noch zu machen und niederzuschreiben hatte, ihn bedrängte, so daß keine Zeit vorhanden war, daran zu zweifeln oder sich drum zu ängstigen, er könnte nur noch eine Nacht, nur noch diese eine Nacht, vor sich haben. Denn wer nicht fühlt, daß er ein Herz hat, dessen Herz ist gesund, und wer den Tod nicht in sich fühlt, dessen Tod ist gesund.

3. März 1968

Aus einer Handball-Reportage im Rundfunk: „Abpfiff, da wird soeben Rosemarie Schütte gelegt, obwohl es nicht ganz so schlimm war wie vorhin bei Sonja Sorgert, und jetzt wieder Hanna Dorow am Tor, sie war so gut beim vorigen Spiel, aber heute hat sie schon dreimal verworfen . . .“

Das treibt Sumpfblüten der Sprache fort und fort und in jeder Sport-Art andere.

15. März 1968

Trüber Tag in Berlin, und ich bleibe länger im Bett als sonst, es ist wohl acht Uhr, als ich aufstehe. Dämmerung hockt den Vormittag über sogar in den Stubenecken seitlich des Atelierfensters. Ich muß an Jacobsen und sein Leben in dunklen Wohnungen in Kopenhagen denken und an das windige, wettrige Thisted, dem er zeitweilig entfloh und zu dem er doch wieder hinfloh, weil es der Norden war, wo er am besten arbeiten konnte, der Norden mit seinen Sommern, die freilich so frisch sind und so gewaschen aussehen, als wären sie für Jahrzehnte angefertigt. Dann regnet es leise, oder man sagt das nur so hin, während das, was wir Regen nennen, das unterste Stück Wolkenhimmel ist, das abbröckelt und sich in die Straßen senkt, auf die Steine niederfällt, die uns naß entgegenschimmern, als hätten die niedergefallenen Wolken auch ein Quentchen Licht mit herabgenommen, das sich jetzt verströmt. Ich schreibe mir etwas Gift aus dem Herzen, es wird mir leichter, weil das, was jetzt auf dem Papier steht, nicht mehr in mir wühlt. Ich habe es dem Papier übergeben, das dünn ist, aber längst nicht so zerstörbar wie mein Herz. Es kümmert mich nicht, daß niemand im Augenblick liest, was ich mir da vom Herzen schrieb, denn über die Jugendwünsche, es möchte gelesen werden, was ich schrieb, bin ich hinaus.

16. März 1968

Und wieder etwas von den Staren

Am Nachmittag ritt ich mit Matthes, um die Kraniche aufzustöbern. Sie und die Bachstelzen seien eingetroffen, während wir in Berlin in dunklen Stuben Sitzungen absolvierten, erzählt uns Herbert. Wir fanden die Kraniche nicht in ihren Brutrevieren. Sie waren auf den Saatäckern jungen Roggen pflücken. Ein paar hundert Stare durchschwärmten den Rheinsberger Wiesenplan, fielen über die frisch geworfenen Maulwurfshügel her, flogen auf und zuckten im Schwarm hin und wider, als ob die einzelnen Vögel nur Zellen eines Riesenstars in der Größe von zwei Elefanten wären, die ganze Vogelschar von einem Impuls durchzuckt. Man kann sich nur vorstellen, daß da mit Wellen gearbeitet wird und daß da Zusammenhänge noch nicht erforscht sind.

Dann ließen sie sich auf den breiten Kiefern am Wiesenrand nieder, und der Schwarm zerfiel in Vogelindividualitäten. Jeder sang oder redete etwas anderes vor sich hin, und es waren so viele Imitatoren anderer Singvögel unter ihnen, daß man aus der Entfernung schwer ausmachen konnte, ob es sich um Drosseln, Haubenlerchen, kleine Häher oder andere Singvögel handelte.

Mir erschien dieses Verhalten der Stare wie ein Modell für unsere Gesellschaft. Einig und vom gleichen Impuls bewegt beim Nahen undefinierbarer Störungen und in der Ruhe der einzelne so individuell wie möglich.

19. März 1968

Hirschjagd in der Akademie

Der Frühling war immer noch nicht da, die Kastanien vor der Akademie der Künste zeigten keinerlei Neigung, ihre Knospen zu öffnen. Auf den breiten Tischen standen, wie immer, Südfrüchte und Appetithäppchen. Es duftete nach Kaffee, und die versammelten Männer machten, wie immer, bedeutende Gesichter. Sie beschlossen, sich in mehreren Vorträgen und Diskussionen mit der Darstellung des revolutionären Helden von heute zu beschäftigen. Ihre Hauptsorge war, in welchen Publikationsorganen sie das, was sie erdiskutieren würden, drucken lassen sollten, und daß der Kreis, der ihrer Weisheiten teilhaft werden würde, nicht zu klein wäre. Sie brieten den Hirsch, den sie noch nicht geschossen hatten.

20. April 1968

Vierzehn Tage

Am Nachmittag des fünften April fuhren wir nach Berlin, um am Sonnabend, dem sechsten, früh, am Volksentscheid teilzunehmen. In der Nacht Nierenschmerzen, die sich gegen Morgen so verstärkten, daß Eva den Rettungsdienst rief. Vier Stunden oder mehr wanderte ich schweißgebadet in der Wohnung umher. Schmerzen, Schmerzen, Schmerzen!

Gegen sechs Uhr dreißig verabreicht mir ein junger Arzt vom Rettungsdienst eine Spritze.

Um sieben Uhr ging zuerst Eva ihre Wahlstimme nebenan in der Händel-Schule abgeben, sie wollte erkunden, ob ich würde anstehen müssen. Es ging schnell.

Doktor H. kam, verschrieb narkotisierende Zäpfchen, ich quälte mich über den Tag. In der Nacht starke Schmerzen.

Am siebenten gegen Morgen wieder Rettungsdienst, zwei Spritzen.

Den Sonntag lang halt ich die Schmerzen mit Zäpfchen und Wärmflaschen nieder. Sie lassen auch in der Nacht nicht nach.

Am Morgen des achten bin ich mürb genug fürs Krankenhaus. B. veranlaßt, daß ich ins Regierungskrankenhaus komme, und fährt mich hin. Der Nierenstein scheint zurückgewandert zu sein, durch Bewegung, durch Bauch- und Weichendrücken bei der Untersuchung. Ich bin schmerzfrei und komme mir vor wie ein Hochstapler. Zimmer hundertzehn, Station zwei b, liegt auch S., der auf Ischias behandelt wurde, er geht am Vormittag nach Hause.

Die nächsten Tage verbrachte ich schmerzlos. Routineuntersuchungen, wie sie im Regierungskrankenhaus üblich sind. Ob die Organe (noch) einwandfrei funktionieren?

Dann, wars Donnerstag, Freitag, ich weiß es nicht mehr, am Spätnachmittag erneut Koliken. In der Nacht so schlimm, daß wieder Injektionen gemacht werden müssen. Der Nierenstein (es war also doch einer) löst sich.

Danach schmerzfrei, doch über Ostern im Krankenhaus. Eva bei den Kindern in Schulzenhof. Hermann K., Ria S., Doktor D. besuchen mich.

Am Nachmittag des Ostersonntags sprach ich mit Nathan Notowicz. Er wollte Tonbandaufnahmen über meine Begegnungen mit Hanns Eisler machen. In der Nacht starb er. Ich hörte das Rennen der Schwestern und Ärzte die halbe Nacht. Man verheimlichte uns seinen Tod. Nach Ostern las ich in der Zeitung, daß er gestorben war. Mit Schmerzen im linken Arm war er eingeliefert worden, Karfreitag. Er sollte still liegen. Ich traf ihn, als er von der Toilette kam. Er hatte geraucht, er war Kettenraucher. Als er die Schwester den Gang herunterkommen hörte, verschwand er wie ein schuldbewußter Schuljunge in seinem Zimmer.

Am nächsten Tag ließ er mich rufen. Ich redete ihm die Tonbandaufnahmen, die er mit mir machen wollte, aus.

Er war sehr nervös, wischte sich immerzu die Augen, als ob er Schleier wegwischen müßte. Ich war wohl der letzte Mensch aus der Außenwelt, der mit ihm redete.

Auf Zimmer hundertfünf lag Bruno S. Auch er war wegen Kreislaufstörungen eingeliefert worden. Auch er hatte in der Nacht, da Notowicz starb, einen Herzanfall. Es muß am Wetter, am Luftdruck, an der Atmosphäre gelegen haben, daß die Herzkranken eine schlechte Nacht hatten.

S. hatte eine parteiliche Attacke im Landwirtschaftsrat hinter sich, weil er mir die Informationen für die Erzählung „Die Cholera“ gegeben hatte. Er sollte einen Artikel gegen diese Erzählung schreiben. Das konnte er nicht, ich hatte sie ihm vorgelesen, er hatte damals keine Einwände gehabt.

Hier im Regierungskrankenhaus wurden wir abwechselnd von Ärzten und Krankenschwestern zur „Rechenschaft“ gezogen. Man nahm keine Rücksicht auf unseren Gesundheitszustand. Die Argumente gegen die Erzählung, die Ärzte und Schwestern im Regierungskrankenhaus vorbrachten, waren ganz andere als die des Landwirtschaftsrates.

Als ich „Die Cholera“ vor durchschnittlichem Publikum las, wurde sie verstanden, wie sie gemeint war: Die heldische Haltung eines Ministers.

Nur „Spezialisten", die sich nicht eigentlich um Literatur kümmern, und dazu gehören auch einige leitende Funktionäre, verstanden die Erzählung nicht und legten sie als Angriff auf sich und ihre Position (sie sagten allerdings: auf unseren Staat) aus.

Am Donnerstag, achtzehnten April, wurde ich aus dem Krankenhaus entlassen. Niedergeschlagen durch Untersuchungen, Einspritzungen, Blutzapfungen und durch die Antipathie, die man mir im Krankenhaus, zum Teil unverhüllt, entgegengebracht hatte.

Daheim fand ich Eva und den kleinen Jakob schrecklich krank vor. Brechdurchfall, Infektionskrankheit oder Fleischvergiftung.

Evas Zustand besserte sich in der Nacht, aber der kleine Jakob war schlimm dran.

Wieder Rettungsamt. Am neunzehnten April vormittags kam ein vertrauenerweckender Arzt. Der riet uns, nach draußen zu fahren. Wir fuhren nach Schulzenhof. Die Fahrt strengte mich sehr an. Der kleine Jakob hat seit drei oder vier Tagen nicht gegessen. Er sieht aus wie ein Hungerkind. Die letzte Nacht ließen seine Schmerzen nach. Er schlief besser.

Das ist, was dir passieren kann, wenn du eines Tages ahnungslos vom Hof fährst: Nach genau vierzehn Tagen kommst du zurück und hast eine Odyssee von Schmerzen und Unbehagen hinter dir. Nicht nur du bist in ein Lebensloch gefallen, du hast auch die liebsten Menschen deiner Umgebung mit hineingerissen.

Hier draußen hast du nicht gefehlt. Gräser, Bäume, Blumen und Tiere gehen Schritt für Schritt auf den Frühling zu. Sie zögern etwas, weil die Nächte noch kalt sind und leichte Fröste bringen. Erste Blätter rollen sich zusammen oder färben sich ein wenig rot. Im Wald, auf Feldern und Wiesen bist du nicht vermißt worden. Du hättest ebensogut gestorben sein können, und so wird es nach deinem Tode sein. Nur einige Menschen werden dich vielleicht für eine Weile vermissen.

Oder sollte die Natur dich doch vermißt haben? Fehlte ihr eine Stimme, die über sie aussagte? Wie tröstlich ein solcher Gedanke.

Aber wie kann dich (könnte dich) die Natur (das Leben) vermissen, da du sie (es) nicht verläßt, da du dich ihr (ihm) nur in anderer Form, etwas aufgelöster und unindividueller, beigesellt hast.

Über vierzehn Tage hast du keine Schreibfeder in der Hand gehalten. Die Schrift ist noch zitterig. Die Hände haben in den vergangenen Tagen nur geradeaus gelebt, sie waren einzig damit beschäftigt, deine Nahrung zum Munde zu führen, und ihre Finger begnügten sich damit, in den Perioden der Schmerzen nervös über die Bettdecke zu tanzen oder sich zu verkrampfen, wenn man dir Injektionen in die Unterarmvenen machte. Allenfalls blätterten sie Buchseiten im Tolstoi-Roman „Krieg und Frieden“ um.

Ich schrieb auf, was mir aus der Krankenhauszeit wichtig erschien, darüber verging der Vormittag.

Ein paar eilige Briefe mußten geschrieben werden. Die Zimmerblumen waren ein wenig vernachlässigt, für die Fütterung und Pflege der Pferde mußte dies oder das angeordnet werden. Kurzum, ich benahm mich wie die Stare, die nach der großen Vogesenreise ihre Kästen an der Giebelwand meiner Arbeitsstube für das Brutgeschäft herrichten.

22. Mai 1968

Entdecken

Am Nachmittag reite ich auf Sabah und nehme das Hengstfohlen bei Fuß mit. Ich reite zu den Sümpfen hinter der Waldpferdchenkoppel. In den Sümpfen steht jetzt wieder Wasser. Ich schaue nach, ob Molche drin sind, aber es sind keine drin. Wo mögen sie hingewandert sein? Kommen sie zurück?

Es ist still, hie und da singt ein Vogel. Düfte kommen herüber, die Bäume rauschen, es ist der rechte Ort zum Meditieren. In den Spitzen der alten Fichten leuchten rote blütenartige Gebilde fingerlang, das sind wohl die künftigen Zapfen. Ich sehe sie in diesem Stadium das erste Mal mit Bewußtsein. Wie vieles gibts noch zu entdecken an Dingen, die wir längst zu kennen glauben.

2. Juni 1968 (Pfingsten)

Dieses Büchlein

Manchen Tag schrieb er nur in sein Büchlein, schrieb hinein, wie seine Tage vergangen waren. Er wußte nicht, ob er das je wieder lesen würde, diese Aufzeichnungen, wie seine Tage vergangen waren, jene Aufzeichnungen über tote Zeiten. Diese Rechenschaftslegung über nutzlos verbrauchte Zeit. Manchmal haßte er sie, denn sie war ihm schon Gewohnheit geworden, und er wußte nicht, ob er sie eine gute oder eine schlechte Gewohnheit nennen sollte.

Aber es gab andere Zeiten, da er das Papier in seinem Büchlein nicht nur beschrieb, da kämpfte er, machte neue Entdeckungen, stieß in die Tiefe. Das waren seine glücklichen Tage, in denen er wußte, wozu er lebte und was das Dasein bedeutete. An solchen Tagen liebte er das Büchlein, und er trug es wie einen Schatz in seiner Brieftasche umher.

20. Juni 1968

Himmel und Hölle mögen mich davor schützen, im Alter nicht allein bleiben zu können, mögen mich hindern, den Jungen nachzulaufen und sie damit zu belästigen, ihnen das mechanistische Funktionieren meines kleinen Arbeits- und Gesichtskreises zu erklären!

Aber werde ich, wenn ich zwanzig Jahre älter bin, wissen, daß ich jemand mit meinem Dasein belästige?

23. Juni 1968

In der Kreisstadt

Freitag, nachmittags, zeigt die Kreisstadt, daß sie sogar belebte Straßen anzubieten hat. Wochen-Ende! Die aus den Betrieben kommenden Leute (meist Angestellte) und die Leute vom Lande, zu denen auch wir gehören, kaufen ein, als ob sie für längere Zeit durch eine Wüste reisen müßten.

Im Fischladen steht eine Frau, Mitte Dreißig, rotgesichtig und selbstgerecht. Sie erteilt Ratschläge fürs Töten von Aalen.

Der Verkäufer müht sich, lebende Mittel-Aale in Zeitungspapier zu verpacken, doch sie schlängeln sich immer wieder von der Waage. Int Jenick, int Jenick rinnschneiden! sagt die Frau, als ob sie über Natron zum Weichkochen von Erbsen redet.

Int Jenick hilft ja ooch nischt, sagt der Verkäufer, se zappeln doch weiter.

Det freilich, sagt die Frau, deshalb schmeiß ick se ebent inn Sand und lasse sich dot zappeln.

Man kann nicht erkennen, daß die junge Frau beim Reden atmet. Brüste und Bauch bilden bei ihr unter einer weißen Seidenbluse eine Linie: die Rache der verzehrten Aale.

25. Juni 1968

Achtgeben, achtgeben, daß dir dein krankes Herz nicht Menschen und Verhältnisse als Ärgernisse vorführt. Lieber die Lust zum Sich-Ärgern überwinden und damit vielleicht das Herz reparieren.

26. Juni 1968

Einsames Schaffen

Auch wenn er die verständnisvollste Frau, den einfühlsamsten Kameraden sein eigen nennt, gibts für den Schreibenden Tage, ja Wochen, in denen er einsam durch Urwald und Wüste wandert. Er durstet, lechzt, schwitzt, vertrocknet, und er schüttelt die Bäume in den Urwäldern in der Hoffnung, Antworten möchten aus ihrem Gezweig auf ihn niederfallen, und er haut verwirrende Luftwurzeln nieder, sucht und sucht nach einer Lichtung, auf der er eine Weile rasten könnte, und wenn er die Lichtung findet, sieht er alsbald, daß sie nicht ist, was sie zu sein vorgab, und er muß weiter und weiter.

Eine Weile fühle ich mich wohl, wenn ich mich jeder Bewegung fernhalte, wenn ich sitze oder liege und auf den Himmel und seine Wolkenspiele sehe, auf die Baumblätter im Obstgarten oder auf die Wipfel des Kiefern-Hochwaldes. Wenn ich mich dazu mit den Gedanken in die Vergangenheit verkrieche, ist mir, als hätte ich Verluste erlitten, weil unwiederbringbare Erlebnisse in jenem Lebensabschnitt, der hinter mir liegt, verbraucht sind.

Dieses Hinter-Mir rückt zuweilen an die Gegenwart heran, bezieht sich auf das vergangene Jahr, schließlich auf die vergangenen Monate und zuweilen schon auf den vorhergegangenen Tag.

Nun warte ich darauf, daß Erlebnis und Verklärung aufeinander fallen. Das müßte der Idealzustand für einen Poeten sein.

Wenn ein Anfall vorüber ist, dringt wieder auf mich ein, was ich während des Anfalls nicht mehr deutlich sah: Die Baumblätter vor den Fenstern, die Gräser im Garten, die Blumen unten in den Beeten und oben auf den Fensterbrettern. Ich war in der Zwischenwelt des Schmerzes, in der sich wenig außer ihm konturieren will, in der vieles verschwimmt. Man kriegt eine Ahnung von dem, was wir als DA DRÜBEN bezeichnen. Man wird zum Bewohner zweier Zustände und wird sich bewußt, daß man irrte, wenn man sie vorher als nicht zusammengehörend betrachtete. (Der Sinn dieses Satzes ging mir beim Abschreiben des Tonbandes, ein paar Tage später, nicht mehr auf.)

Ich diktiere das, während ich in meiner Arbeitsstube herumlaufe, immer im Kreis herumlaufe, viele hundert Male im gleichen Kreis, weil ich den Stein beweglich zu machen versuche. Ich kriege vor Schmerz die Zähne fürs Diktieren kaum auseinander. Aber ich will erkunden, ob mein Intellekt trotz allem funktioniert, und ob ich mich einigermaßen zusammenzuhalten vermag.

Wenn ich die Kurve nach meinem Bett zu nehme, gehe ich an Tolstois Foto vorbei und drunter hängt das Foto von Eva. Nie wurde mir so bewußt wie während der Schmerzen, daß diese beiden Menschen, der eine nicht mehr in der Welt des Sichtbaren, der andere, mein körperlicher Nachbar, die Pole sind, die mein Leben einfassen. (Es kann sein, daß der Begriff POLE ein nicht stimmendes Bild ist!) Tolstoi, mit dem ich aus dem Instinkt heraus in meinem zwölften Lebensjahr Bekanntschaft machte, und die Dichterin, zu der ich mich durch meine Lebensirrtümer hinhangelte.

Es ist der längste Kolikanfall, den ich bisher hatte. Jetzt wandere ich seit Mittag mit kurzen Unterbrechungen rundum, rundum. Der Stein steht, fühle ich, auf der Stelle. Meine Fußknöchel schmerzen, die Wadenmuskeln verhärten sich, die Fußsohlen brennen.

Ein Stein von der Größe eines Reiskorns, eines schwarzen Reiskorns, fast ein Nichts. Man hätte ihn nicht bemerkt, wenn man draußen mit entblößten Fußsohlen auf ihn getreten wäre. Es ist ein

Stein, für den mein Inneres Außenwelt ist, ein Stein, der mich ahnen läßt, woher die alten Mythenmacher eines der Schmerzmaße holten, mit dem sie die Örter der Hölle ausstatteten.

Ach, das Leben ist so traurig! lasse ich mich ein übers andere Mal am Familientisch vernehmen. Ich muß lächerlich auf meine Familie wirken.

Lächerlich? – Wenn mir jemand anempfehlen würde: Geh, leg dich, schließe die Augen und stirb; deine Lebenskraft ist aufgebraucht, so würde ichs ihm glauben.

Versteckt aber, in einer Falte meines Inneren, scheint doch eine kleine Neugier herumzukichern: Gespannt bin ich, wo sich deine Lebenslust wieder hernehmen wird. Du glaubst doch nicht wirklich, daß es schon aus ist mit dir?

1. Juli 1968

Ich neige dazu, zwischen zwei Arten des Denkens zu unterscheiden: zwischen dem Denken, das mit logischen Gedankenketten arbeitet, und einem instinktiven, einem animalischen Denken, das mit Uralt-Erfahrungen arbeitet.

Barlach

Das Barlach-Haus (vor Güstrow links ab) zwischen Kiefern, dahinter versteckt ein See-Ufer, Stille.

Ein *Liliputaner*, achtzigjährig, Barlachs früherer Freund, ein krötiges Männchen, spitz und bissig in seinen Reden.

Die Kinder sollen nicht mit in die Ausstellungsräume. Ich bleibe bei den Kindern, und wir setzen uns auf ein Hügelchen in den Waldschatten, dort gibt es weiches Gras. Vor uns liegt die Landstraße und hinter ihr die Pforte, durch die Barlach damals ging oder schlich.

Matthes sagt beleidigt, er hätte Picasso (in Dresden) im Original gesehen. Barlach soll ich nicht im Original sehen, was?

Wir machen einen Spottvers:

Wir haben es schön
Wir brauchen nicht stehn
Wir können hier sitzen
Und brauchen nicht schwitzen.

Das Männchen scheint von Reue gepackt zu sein. Plötzlich heißt es, Kinder dürfen doch hinein, auch ihre Begleiter vielleicht.

Ich werde wohl der erste Redakteur gewesen sein, der nach neunzehnhundertfünfundvierzig über Barlach in einer Zeitung schrieb.

Damals fanden wir einen Zweitguß seines „Bettlers“ in den Trümmern einer Gießerei bei Senftenberg.

Großer Eindruck: die hockende Frau, nachdenkend, mit angezogenen, umarmten Knien. Man hat Fotos von der Skulptur gesehen, aber hier nun das Original. Die Haltung des Denker von Rodin erscheint dagegen wie eine Theaterpose. Das Verhältnis ist ungefähr das wie von Brechts Theaterspiel zum Dresdener Hoftheaterstil.

Bis Barlach brauchten die Skulpteure den ganzen menschlichen Körper (und möglichst nackt), um auszudrücken, was sie zu sagen hatten. Barlach kommt mit nur einem Drittel des menschlichen Körpers zu stärkeren Aussagen als die Alten. Der größte Teil seiner Figuren trägt den Körper verbergende, hängende Gewänder. Was für eine Dramatik (trotzdem) in seinen Figuren! Und sie wird erzeugt durch Bewegung und Gesichtslandschaften.

19. Juli 1968

Das erste Mal Galsan

Zu unserer Veranstaltung am Herder-Institut kamen auch Galsan Tschinag und seine *Hausmutter* Frau Doktor Taube.

Etwa hundert Lehrgangsteilnehmer aus aller Welt und Gäste hören mir zu. Die Lehrgangsleitung ist unsympathisch, unteroffizierlich. Die Lehrgangsteilnehmer sind in der Mehrzahl Grammatiker, die wenig Beziehung zur Literatur haben. Sie verhalten sich kühl, ich sehe wenig Gesichter, an denen ich mich beim Lesen festhalten kann.

Wir warten eine Stunde lang auf ein Taxi, und zuletzt nehmen wir doch die Straßenbahn und fahren nach Markkleeberg zum Häuschen von Doktor Taube, einem Indologen. Seine Frau ist Mongolistin. Dort also ist Galsan Tschinag untergekrochen.

Galsan ist Tuwiner und kommt aus der Mongolei. Die Tuwiner sind ein Hirtenvolk, das durch die Revolution (und ihre Nachwirkungen) zersprengt wurde. Ein Teil lebt in der Mongolei, ein anderer Teil in der Sowjetunion.

Galsan Tschinag studierte in unserer Republik sechs Jahre Germanistik. Er spricht und schreibt so gut Deutsch, daß er fähig ist, seine schriftstellerischen Versuche in Deutsch niederzulegen.

Im Tuwinischen, das Galsan Tschinag in der Hauptsache spricht, gibt es keine Schriftsprache. Das Mongolische, das Galsan mit sechs Jahren annehmen mußte, forderte Widerstand in ihm heraus. Er meint, im Mongolischen könne er sich nicht poetisch ausdrücken, das Deutsche aber erlaube ihm das.

Galsan schickte uns seine schriftstellerischen Versuche in Deutsch. Wir halten ihn für eine Begabung. Eva beantwortete seine Briefe. Er glaubte, ich hätte die Briefe beantwortet. Er bedankte sich für die väterlichen Ratschläge. Wir ließen ihn zunächst bei dem Glauben, es ging nicht anders.

Jetzt nun hatte er uns nach der Lesestunde in das Haus seiner *Pensionseltern* eingeladen.

Galsan hat, das spürt man sogleich, eine starke Ausstrahlung. Seine schönen Zähne gibt er für ein kindliches Lächeln frei. Mir scheint er aus dem Zeug gemacht zu sein, aus dem tibetanische Heilige gemacht sind. Man spürt eine Art Reinheit herüberwehen.

Er war taumelig vor Freude, als wir (die ganze Familie) bei Doktor Taubes einkehrten. Wir tranken mongolischen Schnaps und aßen fleischgefüllte Teigtaschen nach Art der kaukasischen Chinkali oder der sibirischen Pelmeni. Der Unterschied besteht wohl darin, daß die mongolischen Fleischfüllsel mit Kräutern und allerlei Gemüsen durchsetzt sind.

Galsan führte uns jene *Rute* vor, mit der die Mongolen ihre Pferde einfangen, er zog sich einen mongolischen Kaftan an, den Del, und band sich die rote Schärpe artgerecht um den Bauch. Wir bekamen eine Tabakspfeife aus dem Schulterknochen eines Hammels zu sehen, Frauenkleider, Ziegeltee, einen Tabaksbeutel und dazu wieder eine andere kuriose Tabakspfeife.

Es war schwer, diesen begeisterten und begeisternden Menschen zu verlassen. Mir war, als kennte ich ihn lange schon, und er schien mir zu jener Art Menschen zu gehören, die man bisweilen austräumt.

6. August 1968

Der alte Holländer

Wer weiß, wann er nach Berlin kam, der alte Holländer. Vor zehn Jahren betrieb er in der Boxhagener Straße einen sogenannten Grünkramladen. Das Geschäft lief unter dem Namen seiner Frau. Er schaffte die Waren heran, sorgte für Gemüse- und Obstnachschub im Laden und hatte es sprachlich bis zu jenem Deutsch gebracht, das man an der Aachener Grenze spricht. Er ging und geht immer noch in holländischen Klompen (Holzschuhen oder Oderkähnen). Ich sah ihn nie, auch wenn er einen Sonntagsanzug trug, in anderen Schuhen. Diese Klompen scheinen es zu sein, mit denen er seine Abstammung und seine Heimatverbundenheit hier für die Berliner im östlichen *Kietz* dokumentiert.

Wenn die Blicke der Passanten zu seinen Füßen hinunter wandern und Staunen sich breitmacht, ist in seinem Gesicht etwas wie Stolz zu bemerken.

Seit einigen Jahren ist seine Frau tot. Er behielt den Laden, hinter dem seine Wohnung liegt. Der Grünkramhandel wurde geschlossen. Im Schaufenster leben jetzt Meerschweinchen, die der Alte (nicht besonders sauber) hält. Darüber hängen in einem Käfig Wellensittiche und plappern.

An manchen Abenden sitzt der Holländer, die Füße mit den hell-holzenen Klompen weit vorgestreckt, bei halb offener Ladentür.

Kinder kommen und unterhalten sich mit ihm

über die Meerschweinchen und Sittiche. Im Ladenraum sieht es unordentlich aus: alte Gemüsekisten, Lumpen, halb verwelkte Blumenkohlblätter. Er verschenkt oder verkauft auch Meerschweinchen, glaube ich.

Gestern kam er mir auf der U-Bahn-Treppe entgegen. Er trug ein Rucksäckchen und kam mit seinem ausladenden, ein wenig herausfordernden Gang die Treppe hoch. Im Rucksäckchen trug er eine kleine Gießkanne, und an den Füßen hatte er schwarzlackierte Klompen. Es war ein heißer Augusttag, und er kam vom Friedhof, gewiß hatte er dort seine Frau besucht und die Blumen auf ihrem Grabe begossen. Mir scheint, er hat hier niemand sonst im *Kietz* als diese tote Frau.

28. August 1968

Noah-Stimmung

Kaum war ich einen Kilometer geritten, da war das Gewitter heran. Die ersten Tropfen taten nicht ernst und waren wie vom Rande eines Gewitters abgesprengt, das in der Ferne niederging. Ich ritt weiter, aber dann hasteten rauchgraue Wolken her, ich mußte unterm Gezweig einer Schirmtannen-Gruppe Schutz suchen.

Noch immer sah alles aus wie ein Nach- oder Randregen, aber dann schlug der erste Blitz krachend in den Wald. Die kleine Welt, soweit ich sie sah, füllte sich mit Abenddämmerung. Ich saß auf der Stute, und die Stute senkte ergeben den Kopf, so wie es Pferde tun, wenn sie auf der Weide ein Unwetter über sich ergehen lassen.

Die Hunde saßen abwartend in der Nähe der Pferdevorderbeine. Auch sie schienen den, wenn auch unzulänglichen, Schutz, den die Fichtenzweige abgaben, zu erkennen. Von Zeit zu Zeit wälzten sie sich, wenn die Nässe der dicken, von den Zweigen fallenden Tropfen ihnen bis auf die Haut drang.

Das Gewitter stand geraume Zeit über dem Vorwerk und über dem Waldstück, in dem ich harrte, und die Einschläge der Blitze wurden häufiger, und stets, wenn ich glaubte, das Gewitter sei im Abziehen, schlug ein Blitz ganz in der Nähe ein. Ich glaubte, das Reißgeräusch der vom Blitz gespellten Baumrinde zu hören, während die Regennässe mir allmählich Weste und Hemd durchdrang.

Dann wurde es seitlich von mir hell, und der aufgehellte Himmel verriet, daß auch irgendwo die Sonne sein mußte: Noah-Gefühl. So mag dieser Alte, zwischen seinen Tieren hockend, nach den ersten Anzeichen der sonnigen Welt gespäht haben, als sich die Naturgewalten zu beruhigen begannen.

Wenn diese Bibel-Geschichte auch im Laufe der Jahrtausende mit Märchenelementen ausgestattet wurde, so gibt sie die Grundstimmung des Menschen bei einem Unwetter doch treffend wieder.

„Und das Gewässer nahm überhand und wuchs so

sehr auf Erden, daß alle hohe Berge unter dem ganzen Himmel bedecket wurden.“ (Erste Moses, 7, 19)

Vielleicht ists mit vielen Geschichten der Bibel so, daß sie überhöhte Grundstimmungen des Menschen schildern, und vielleicht ists bis auf den heutigen Tag so, daß jede gute Erzählung eine menschliche Grundstimmung, eingekleidet in die jeweiligen historischen und gesellschaftlichen Requisiten, liefert.

4. September 1968

Galsan Tschinag

Er ist vierundzwanzig Jahre alt und spricht mehrere Sprachen, auch Deutsch, so gut, als hätte ers von Kindesbeinen an gesprochen. Als er vor sechs Jahren nach Leipzig kam, sprach er kein Wort Deutsch.

Von der Seite gesehen, sieht er aus wie ein altes, schon etwas gebeugtes Altai-Männchen, wie ein Mensch, der äußerlich nie jung war und keine Kindheit hatte.

Er scheint als Wurzel, nicht als Zweig eines alten Baumes geboren zu sein, und deshalb wird er lange alterlos bleiben. Auch seine Augen sind alt und wissend hinter den schweren, fast rechteckigen tuwinischen Lidern versteckt. Nur der Mund mit seinen guten Zähnen verrät, wenn er lacht, wie jung er eigentlich ist.

Und diese Mischung von angeborenem Alter,

seelischer Jugend und Kindhaftigkeit zieht sich durch sein ganzes Wesen.

Die rote Blüte einer Kartäusernelke, die er am Gartenhaus fand, hinter den Brillenbügel, unter das schwarze Haardach, geklemmt, so tollt er mit den Kindern umher, die ihm in ihrem instinktiven Erahnen von Menschlichkeit sofort zufallen. Er fängt die Kinder mit dem Lasso ein, zeigt ihnen die Handhabung des Lassos, fährt auf dem Kinderfahrrad des fünfjährigen Jakob, schiebt Jakobs Spielschubkarren, gefüllt mit Falläpfeln, aus dem Garten zum Wohnhaus und ist beim Karrenschieben ernst auf das Wohlergehen der Äpfel bedacht, die aus der Karre zu hüpfen trachten. Dabei setzt er die Beine wie ein Mongolen-Pony, das vorn arg *französisch* gestellt ist.

Jakob malt mit Buntstiften kleine Sonnen auf briefmarkengroße Papierstückchen und verteilt sie als Abzeichen an die Familienmitglieder. Galsan klebt sich sein Sonnenabzeichen mit Speichel an die Stirn, und es bleibt dort wirklich kleben, bleibt während des Abendbrotes und auch später haften.

Wir unterhalten uns bis elf Uhr abends in meiner Stallstube. Draußen geht ein Spätsommer-Gewitter nieder, und die Blitze erhellen das große Blumenfenster. Beim eifrigen Reden fällt das Sonnenabzeichen einmal von Galsans Stirn auf die Platte meines Schreibtisches. Er nimmts auf und klebts wieder fest, so, als müßte er ein Abkommen, das er mit Jakob schloß, einhalten.

Auf dem Pferde sitzt Galsan eingebuckelt, die

rechte Schulter meist ein wenig nach vorn, also bequem, und so wie es der Körper verlangt, wenn er lange Strecken zu Pferde zu überwinden hat. Dabei hält er aber die Unterarme und die Zügel hoch, das scheint mir für lange Reitstrecken aufwendig und unbequem zu sein.

Galsan ist tolerant und versucht, Verhaltensweisen und mündliche Äußerungen von Menschen, die ihm fremd sind, zu verstehen. Keines seiner Urteile erscheint vorschnell gefaßt. In der Regel ist sein Urteil das Ergebnis längerer und gründlicher Beobachtungen. Nach einem solchen *Werdegang* scheinen seine Urteile dann allerdings festzustehen.

21. September 1968

Schwalbenrätsel

Morgens sitzen die Schwalben im grauen Dunst auf den Leitungsdrähten, Schwalbe an Schwalbe, und manche Drähte werden durch sie zu blau-schillernden Ketten. Die Schwalben sitzen und harren und zwitschern kaum. Sie warten, daß der Dunst sich mäßige und Fliegen und Mücken anfangen, durch die Septemberluft zu schwirren.

Tagsüber tummeln sich die reisegerüsteten *Schwätzerinnen* über Wiesen und Feldern, quirlen durcheinander und jagen. Am Abend sind sie alle verschwunden. Man sieht sie nicht auf den Leitungsdrähten hocken, findet sie nicht in den Wäldern und kennt auch keinen Stall, in dem sie miteinander übernachten.

Fliegen sie jeden Abend zu den Sammelplätzen an die Müritz? Es kann fast nicht anders sein.

23. September 1968

Das fehlende Verbum

Es regnet, hört auf, regnet wieder – so den ganzen Tag. Der Regen ist warm, und die Luft ist warm, und die Pilze wachsen.

Ich bin am Vormittag und bin am Abend unterwegs, schleppe einen Rucksack, bin zu Pferde und suche Pilze.

Ein Pilz bekommt mich nicht vom Pferd, es müssen sich mehrere versammeln, damit ich ihnen die Ehre antue, absteige und sie ... Ja, was tut man eigentlich mit Pilzen? Man spricht vom Pilzesammeln, vom Pilzesuchen, oder man geht in die Pilze, und Großstädter sprechen zuweilen vom Pilzepflücken, aber dann schmunzeln die Dörfler. Eigentlich bricht man Pilze oder zieht sie aus dem Waldboden, wie man Rüben aus dem Acker zieht. Pilzesammeln ist der häufigste Ausdruck für das Ernten von Pilzen, aber kein Mensch wird beim Auffinden einer Gruppe von Pilzen sagen: Die sammle ich mir! Er wird auch nicht sagen: Die pflücke, breche, ziehe oder suche ich mir. Kurzum, es gibt im Deutschen kein eigentliches Verbum für das Ernten von Pilzen.

Am Nachmittag pflücke ich Pflaumen. Das ist klar und einfach. Ich pflücke Pflaumen. Es gibt keine Sorgen für den Schriftsteller um den Erntebegriff.

23. September 1968

Die Herbstnachtigall

Es hat geregnet, die ganze Nacht hats geregnet, und am Morgen ist die Luft bläulich voll Wasserdampf. Vom Kahlschlag fliegt das Lied der Heidelerche herüber. Ich halte ein. Es tut so gut, sich ein wenig an den vergangenen Frühling zu erinnern, mitten im September an den Frühling, da, daß man sechsundfünfzig Jahre zählte, noch eine übereilige Behauptung war.

Aber nun, da das Pferd still steht und der Wald leise rauscht, bin ich im Zweifel, obs nicht gar Nachtigall oder Sprosser sind, die an diesem Septembermorgen noch singen. Ich kann deutlich mehrere Strophen unterscheiden.

Aber nein, es ist weder Sprosser noch Nachtigall, es sind drei Heidelerchenhähne, die um die Wette singen. Alle drei hängen im Septemberdampf über der niedrigen Kiefernschonung, stoßen zuweilen aufeinander zu und bekämpfen sich wie im Frühling, wenn es ihnen um die Weibchen und um die Vermehrung geht, und jedes singt seine Strophe, und jedes hat eine anders schattierte Strophe.

22. Oktober 1968

Unruhe

Ein Funke aus dem Weltraum hat dich getroffen. Es ist Unruhe in dir. Die Verhältnisse, in denen du bisher lebtest, erscheinen dir fraglich. Leute, die dich kennen (vielleicht sogar du selber), bezeichnen deinen Zustand als Krise.

Das nächstliegende, um deiner Unruhe und Unzufriedenheit Herr zu werden, scheint dir, deine Umgebung zu wechseln. Du kannst das freilich tun, gewinnen wirst du dabei kaum etwas. Deine Unruhe schleppst du als Reise-Gepäck mit dir. Im ersten Hotelzimmer springt sie mit deinem Zahnputz-Zeug aus dem Koffer.

Es ist besser, zu bleiben, wo du bist. Mit deinem Bleiben setzt du der inneren Unruhe einen festen (dialektischen) Punkt, eine Basis entgegen, auf der deine Unruhe sich zu Kristallen niederschlagen kann, aus denen ersichtlich wird, was hinter ihr steckte.

24. Oktober 1968

Lesestunde in der Psychiatrie

Es kommt vor, daß man in ein fremdes Zimmer geführt wird, und es riecht dort nach verwelkten Pflanzen, nach vernachlässigten, sterbenden Blumensträußen.

Hier roch es nach verwelkten Frauen, ein Geruch, der nicht nur die Nase beleidigt, sondern sich auch auf die Seele legt.

Ganz automatisch grüßt man, macht eine kleine Verbeugung und wartet ab, ob man als Eintretender gern gesehen ist oder nicht. Aber es gibt keinerlei Reaktion. Die Frauen sitzen in tiefen Konsum-Sesseln an einem Tisch. Ein großer Rundfunk-Apparat spielt leise. Es sind Frauen aller Altersklassen im Saal, aber die meisten sind über fünfzig Jahre alt.

Man kann es nicht lassen und sucht nach einem Gesicht, in dem sich vielleicht doch spiegelt, daß ein Fremder, einer aus der Welt, die sie bereits verlassen haben, dieses *vornehme Gefängnis* betreten hat.

Aber die meisten dösen mit halbgeschlossenen Augen vor sich hin und scheinen das Elf-Uhr-Mittagessen zu verdauen.

Eine nimmt dich wahr, eine Frau so Mitte der vierziger Jahre, sie lächelt, man spürt, daß sie einen begrüßen möchte, und sie grüßt auch, doch sie grüßt wie ein Soldat und so, als ob sie eine Militärmütze trüge. Eine andere, jüngere, die gewahr wurde, daß ein Fremder, und noch dazu ein Mann, den Raum betreten hat, macht dir ein obszönes Zeichen mit Daumen und zwei Fingern. Andere wieder halten einen wohl für ihren Mann oder Hausfreund, sie wollen nichts von dir, sie freuen sich nur, daß du gekommen bist, daß du sie nicht vergessen hast.

Aber keine zeigt das Bestreben, dir die Hand zur Begrüßung zu reichen.

Eine etwa Sechzehnjährige sitzt vor der kalten Scheibe des Fernseh-Apparates und freut sich. Sie hat weder den komplizierten Sendebetrieb noch einen Fernseh-Sendeturm nötig. Sie hat einmal Bilder von Menschen über die Glasscheibe des Apparates zappeln sehen, und das genügte. Sie kann sich das zu jeder Zeit selber herstellen. Sie ist *autark*.

In den Schlafsälen je an fünfzig Betten. Sie sind wie kleine Menschengruppen und gut einsehbar über den Schlafsaal verteilt, und sie sind sehr weiß und sehr frisch bezogen, und man wird das Gefühl nicht los, daß Paradetag für den *Dichter* ist.

Der Blick schweift über die Betten bis zu den großen vergitterten Fenstern hin, dann schweift er zurück, und man erschrickt, aus dem Bett, vor dem man steht, wird man, ohne daß mans gewahrte, die ganze Zeit beobachtet. Eine grauhaarige Alte, mehr Mann schon als noch Weib, schaut mit der Verhaltensweise eines Hasen unterm Deckbett hervor, wartet, ob du sie entdecken wirst oder nicht, aber als du sie entdeckst, bleibt ihr Blick doch gleichgültig, und sie springt nicht auf und rennt nicht davon, wie man das von Hasen kennt.

Aber weshalb wartete sie, ob du sie entdecken würdest? Solche Fragen zu stellen, muß man sich hier versagen. Es geschieht nichts nach den Gesetzen der Logik. Die Situation läßt gewahr werden, wie sehr du an einen logischen Ablauf des Lebens in deiner normalen Umwelt gewöhnt bist.

Eine Frau von etwa vierzig Jahren steht angekleidet am Kopfende ihres Bettes und hält die Fäuste geschlossen um die weiß gestrichenen Streben des

Eisengestells. Ihr Blick ist in die Weite gerichtet, als erwarte sie von dorther einen Feind, der ihr das Bett streitig machen will.

Manche der Frauen murmeln beständig vor sich hin, aber sonst ist es still, kein lautes Wort. Hinter uns wartet geduldig eine Frau, sie hat eine frische Schramme, die sich über die ganze linke Wange hinzieht, eine Kratzwunde, in den Händen hält sie einen Eßnapf. Wir haben ihr, ohne es zu wissen, den Weg nach irgendwohin verstellt. Sie wartet geduldig. Ohne daran zu denken, daß es ohne Effekt bleibt, entschuldige ich mich. Sie ist nicht böse, daß wir ihr den Weg verstellten, und sie gibt auch keine Freude darüber zu erkennen, daß ihr der Weg nun frei gemacht ist. Sie geht einfach weiter. Ich bin für sie vielleicht ein Schrank, ein Möbelstück, das beiseite gerückt wurde.

Ich wundere mich über die Stille, die allenthalben herrscht. Natürlich gibts Randaliererinnen unter ihnen, die die anderen stören, besonders des Nachts, sagt die dicke Schwester, die im Wintermantel mit Pelzkragen wie ein kleiner Tanzbär neben mir herstampft und das Funktionieren der Klinik, ähnlich wie einen Fabrikbetrieb, erklärt. Natürlich machen manche Radau, wenn ihre Stunde kommt, sagt sie, aber die werden ruhiggestellt, einfach ruhiggestellt, verstehen Sie?

Und wieder werde ich den Verdacht nicht los, daß alle diese Frauen für meinen Besuch *ruhiggestellt* wurden.

Überall der zum Erbrechen reizende Geruch verwelkender Frauen, im Wohnsaal, im Schlafsaal, im

Waschraum, selbst in der Küche, wo einige langsam, langsam, und die eine mit heraushängender Zunge, Teller abtrocknen, als hätten sie es mit neugeborenen Kindern zu tun.

Die Fenster sind von außen vergittert, trotzdem ists nicht möglich, auch nur einen Fensterflügel zu öffnen. Es gibt da Frauen unter den Kranken, die sofort versuchen würden, sich, ob Gitter oder nicht, aus dem Fenster zu stürzen. Verletzungen wären die Folge.

Es muß in manchen von den Frauen doch das Gefühl des Eingesperrtseins vorhanden sein. Die Schwester bestätigt es. Einige beginnen, wie früher in ihrem Haushalt, nach dem Schlüssel zu suchen, wenn sie die Flurtür versperrt finden.

Hier findet nur der Luftwechsel statt, den die Mauern gestatten, und die dicke Luft hats schwer, durch die Mauerporen nach außen zu gelangen, und die frische Luft hats schwer, gegen die porenverstopfende Stickluft anzukommen und in die Räume zu dringen. Es kann nicht anders als nach verwelkenden Frauen riechen.

Eine Schwester erzählt: Wir haben ein vorbildliches Schwestern-Kollektiv und stehen im Kampf um den Titel „Sozialistische Brigade“. (Damit weiß ich gleich, weshalb ich eingeladen wurde: Bedingung, den Titel „Sozialistische Brigade“ zu erhalten, es muß auch kulturell gearbeitet werden.)

Die Schwester erzählt weiter: Wir haben viele zusätzliche Arbeiten übernommen. Es gibt auf unseren Stationen keine Putzfrauen. Das Säubern der Räume haben die Schwestern übernommen. Wenn die Kranken mit neuen Kleidern bedacht werden, so passen die nicht in jedem Falle. Wir, die Schwestern, nähen sie um – alles zusätzlich. Wir backen auch den Kuchen für die laufenden Feste selber – alles zusätzlich.

Überhaupt die Feste und Tanzveranstaltungen! Da sollten Sie unsere Leute sehen! Wie gemütlich! Die Musiker, die bei uns spielen, sagen, nirgendwo sei es so gemütlich wie bei uns. (Wozu sich dieses Adjektiv „gemütlich" nicht all verwenden läßt!) Schade, daß Sie keinen Maskenball bei uns erleben können. Unsere Leute, was für eine rege Phantasie sie haben! Einmal kam eine als glühende Kohle, richtig viereckig und schwarz wie eine Kohle, und oben war mit einer Taschenlampe und rotem Seidenpapier etwas gemacht, daß die Kohle glühte, richtig kunstvoll. Wir wollten sehen, wie das mit dem Glühen gemacht war, aber die Patientin ließ sich nicht ankommen, sie dachte, wir würden sie auslöschen, weil sie doch eine richtige glühende Kohle war. Nein, sie ließ sich nicht ankommen.

Eine andere kam als Heuhaufen. Das war auch sehr hübsch. Ein richtiger Heuhaufen, und oben auf dem Heuhaufen saß eine Frau, das war eine Puppe. Sehr verlockend, die Frau auf dem Heuhaufen, und die Patientin, die den Heuhaufen darstellte, sagte immerzu: Gehen wir doch ins Heu, gehen wir doch ins Heu!

Nein, Sie können sich nicht vorstellen, wie gemütlich bei uns die Maskenbälle sind!

Ich esse auf dieser Station zu Mittag. Schnitzel, Möhrengemüse, Kartoffeln und saure Pflaumen als

Kompott. Drei Schwestern essen mit mir. Jene junge Schwester, Mutter von fünf Kindern, die wie ein kleiner Bär mit mir durch die Ansammlung der kranken Frauen stampfte, dann zwei ältere, bebrillte Schwestern mit einer Haltung, die ausdrükken soll, daß sie schon bessere Zeiten gesehen haben. Zeiten zum Beispiel, da es unter der Würde eines Dichters gewesen wäre, vor dem Personal einer Psychiatrischen Klinik zu lesen.

Auch hier im Schwesternzimmer ist, trotz allerlei Gerüchen von Tinkturen und Medikamenten, der Geruch der verwelkenden Frauen zu spüren. Vielleicht gehören auch diese Schwestern zu den Verwelkenden.

Die meiste Zeit ist die Tür zum Gemeinschaftsraum geöffnet, und mein Blick fällt auf eine Kranke, die jeden Bissen verfolgt, den ich zu Munde führe. Am liebsten würde ich ihr mein Essen, das ich mit viel Verachtung der Umstände hinunterzwinge, hinreichen, aber das würde wohl zur Folge haben, daß ich all die dahindämmernden Frauen in den Irrtum stürzen würde, daß bereits das Abendbrot ausgegeben wird, und außerdem würde ich meine Gastgeberinnen, die mir sogar eine geblümte Papierserviette hinlegten, beleidigen.

Die Lesestunde beginnt kurz nach Mittag (ich sagte schon, daß man in diesem Institut alle Logik fahren lassen muß!). Die Schwestern und der Verwaltungsdirektor sind pünktlich, aber die Ärzte und sonstige *Intelligenzler* lassen auf sich warten. Es wird Kuchen aufgetragen, viel Kuchen, immer mehr Kuchen, dann Kaffee in Kännchen, gespritzter Eierschnee, Torte, aber niemand ißt und trinkt. Der Chefarzt ist noch nicht da. Endlich kommt er. Die Kaffee-, Kuchen-, Eierschnee-, Lese- und Schwelgestunde beginnt. Die dicke, junge Schwester, der kleine Bär, sagt die einleitenden Worte, etwa: Wir haben nun endlich unseren Schriftsteller hier, den die meisten von Ihnen aus dem Fernsehen kennen. Das Aussprechen meines Namens verursacht der kleinen, dicken Schwester Schwierigkeiten. Kurzum, er (der Schriftsteller) wird hier neue Geschichten lesen, und ich hoffe, daß Sie mit Kuchen und Torten, die wir selber gebacken haben, zufrieden sind.

Ich lese los, und die anderen essen los. Sie schmatzen ein bißchen, aber ansonsten sind sie bemüht, wenig zu stören. Sie setzen die Tassen leise ab und klappern auch nicht allzu sehr mit den Löffeln.

Die meisten der Anhörer, das sehe ich, das fühl ich, betrachten mich als einen Unterhaltungskünstler, den man geladen hat, ihre Brigaden-Kaffeestunde zu verschönen.

Aber schon bei der zweiten Geschichte habe ich sie und packe sie, und die meisten hören auf zu essen, so daß die *Bärenschwester* nach dem Schluß der dritten Geschichte sagen muß: So essen wir doch erst ein wenig, vielleicht auch unser Schriftsteller, es wird ja sonst der Kaffee kalt.

Aber ich bin unerbittlich, und ich lese sofort weiter. Das ist meine *Rache*.

Natürlich das Brigade-Tagebuch, das merkwürdigste Brigade-Tagebuch, das ich bis jetzt sah. Alles schön mit Blümchen ausgetuscht. Hier am Schluß müssen Sie nicht lesen, sagt die kleine Schwester, es fehlt noch die Blumenkante! Alle Berichte, wo oben ein ausgeschnittenes Auto-Foto aufgeklebt ist, handeln von unseren Reisen. Finden Sie nicht, daß unsere Schwestern auch zeichnerisch sehr begabt sind? Und das alles zusätzlich.

Im Brigade-Tagebuch stehen die merkwürdigsten Sachen: Hurra, wir haben wieder ein Kind! Schwester Renate gebar einen Knaben, Vico heißt er. Sein Gesang gleicht leider noch keineswegs dem seines großen Namensbruders Vico Torriani.

Na ja, es fällt mir nicht leicht, etwas ins Brigade-Tagebuch einzuschreiben, was meinem Entzücken Ausdruck verleiht.

Alles vergeht, und schließlich vergeht auch sie, meine Lesestunde in der *Psychiatrie*.

25. Oktober 1968

Was Verdienste wert sind

Vor einer Woche fuhr ich in einem Personenauto, das *Tschaika* genannt wird (und nur von hohen Funktionären benutzt werden darf), auf den Flugplatz, um einen kambodschanischen Prinzen abzuholen. Die Wache vor dem Staatsratsgebäude grüßte (mich?) und präsentierte das Gewehr. Alle Posten der Verkehrspolizei auf dem Wege zum

Flugplatz grüßten, wenn sie nur die rechte Hand frei hatten, und auch die Verkehrspolizisten in den Türmchen, die das Licht in den Verkehrsampeln betreuen, grüßten (mich?).

Heute fuhr ich in einem *Wartburg-Camping* auf der Autobahn. In der Tankstelle Niemegk winkte mich ein Verkehrspolizist zu sich heran. Als ich anhalten wollte, zeigte er mir einen *Vogel* und schrie: Kannst du denn nicht gucken, Dussel! Er hatte den Autofahrer gemeint, der mir folgte und der die Tankstelle mit zu hoher Geschwindigkeit durchfuhr. Wer sollte das erkennen?

Und diese Beleidigungen mußte ich mir gefallen lassen, obwohl ich einen Hut, drei Nationalpreise, den Vaterländischen Verdienstorden in Silber, den Lessing- und den Fontane-Preis trug, Bestarbeiter und Hervorragender Genossenschaftler war. Was soll man dazu sagen? Personenwagen-Kult.

5. November 1968

Ein Ladengespräch

Na, wie gehts, Herr K.?

Wissen Sie, es klappert so dahin, die Urlauber sind weg, der Sommer ist vorbei, ein reines Läppergeschäft jetzt. In ein paar Wochen geht das Weihnachtsgeschäft los, und nach Weihnachten dann gehts schon zum Frühjahr hin, die ersten Bootsbesitzer bessern ihre Fahrzeuge aus, die Bungalow-Besitzer fangen an zu reparieren, die ersten Wochenendurlauber erscheinen. Na, und dann kommen schon bald die ersten warmen Tage, und dann sind wir wieder voll da. Ach ja, man hält sich so über Wasser, es geht schon, es geht, und Ihnen gehts doch sicher auch, wie?

(Das war ein Gespräch mit dem Junior-Chef eines alten Landwarenhauses in Rheinsberg. Das alte Prinzipalpaar ist fromm, wenigstens sonntags in der Kirche. In dem Landwarenhaus kann man so ziemlich alles kaufen: Kartoffeln, auch den Quark dazu, Gemüse, alle Arten Lebensmittel, aber auch Angelgeräte, Fuhrwerks-, Garten- und Hausausrüstungen, Kuhketten und Sandsiebe, Kinderwagen und Jaucheschöpfer.)

5. November 1968

Der hundertflügelige Pegasus

Etwa fünfzig Spatzen sind das Nebenprodukt unserer Pferdezucht. Sie untersuchen während des ganzen Jahres jede Karre Pferdemist, die hinausgefahren wird, auf Unverdautes oder auf Körner, die den Pferden aus dem Maul fallen, wenn sie sich futterneidisch und wachsam zur Nachbarbox und nach ihren Mitpferden umsehen.

In der Nacht fiel Schnee. Im Morgengrauen sitzen unsere *Zuchtspatzen* auf dem eben herausgekarrten Pferdemist, wärmen sich die Füße, scharren und nähren sich. Sie sind ein mit hundert Flügeln fliegendes Pony, ein mehrflügeliger Pegasus.

Sobald man ans Fenster tritt und einen Blick in die Trampelkoppel wirft, fühlen die Spatzen sich beim Frühstück gestört. Flurr, flurr, sitzen sie in den kahlen Zweigen der Holunderbäume, und die Holunderbäume tragen an Stelle der abgeernteten Schwarzbeerdolden graue Federbälle als Früchte.

Steht man zu lange am Fenster, so wird man von den Spatzen ausgeschimpft: Mach dich an deine Arbeit, an den Schreibtisch, Schreibtisch, Schreibtisch, los!

20. November 1968

Das Wappen des Freiherrn

In das alte Landschloß der Rübenbarone, die Wert darauf legten, von L. zu heißen, und deren letzter *regierender* Sproß ein namhafter Sportreiter gewesen war, wurde jetzt die Verwaltung des nunmehr Volkseigenen Gutes gelegt. Der Gutsdirektor, ein ehemaliger Schlosser, der sich zu einem geschickten Produktionsleiter in der Landwirtschaft heraufgearbeitet hatte, und seine Frau, eine ehemalige Krankenschwester, *verbürgerlichten* wohl. Ob das durch die Verwalterposition und das Leben am Fuße des ehemaligen Schlosses geschah oder ob ihre Herzen nie so recht *proletarisch klopften*, ist schwer zu sagen.

Aus der Eintrittshalle des Schlosses ließen sie die

alten charaktervollen Dielen reißen und ersetzten sie durch Tanzsaalparkett. Links davon richteten sie mit langweiligen Sesseln und halbhohen Tischchen aus der Konsum-Möbelproduktion der fünfziger Jahre einen sogenannten Kulturraum für die landwirtschaftlichen Arbeiter ein. In den Kulturraum wurde eine Musikbox westlicher Produktion gestellt. Zu Beginn der sechziger Jahre (dem Beginn der Plastezeit) richteten sie neben dem Kulturraum die für manche Leute unerläßliche Bar ein. Die Sitze der Barhocker sind mit giftgrünen und knallroten Plastestoffen überzogen. Die mit barokkem Stuck verzierte Decke des Raumes wurde tief schwarz gestrichen, und einen Meter unter der Decke wurde ein weizenmehlweißes Holzgitter angebracht, durch das man auf die schornsteinschwarze Decke sieht. Das ist nun, als ob man aus der talmifröhlichen Bar in die Schwärze des Weltenraumes hineinblickt.

Aber das Wappen des Freiherrn von L. über dem Eingang zum Kulturraum ließen der *Fischer und sine Fru* unangetastet. Man kann sich des Eindrucks nicht erwehren, daß ihnen dieses Emblem einen abergläubischen Respekt abnötigte und daß auch das *Sicher ist sicher, es könnte einmal wieder anders kommen* dabei eine kleine Rolle spielte. Jedenfalls berichtete die Frau Gutsdirektor (zum Mißfallen des pfiffigen Direktormannes), daß man zum Nachbronzieren der Wappeninitialen Goldbronze aus dem *Westen* kommen ließ, weil die hiesige Goldbronze nichts tauge.

31. Dezember 1968

Silvester

Wir machten Einkäufe für die Silvesterfeier: Redseligkeit, Lockerung, Quatschrederei, vielleicht sogar Enthemmung wird (zunächst als Flüssigkeit und eingeflascht) erworben. Der Unsinn wird mir recht bewußt, da ich mit kalten Füßen in der Straße steh und aufs Taschentragen warte. Der Ostwind weht (nicht heftig, aber eindringlich) durch die Hauptstraße. Sie schlängelt sich aus den Wäldern zwischen fast unberührten Seen hindurch, wird ein paar Häuser lang unsinnig geschäftig (kleinbürgerlich), strebt auf ein sandgelbes Schloß zu, erschrickt vor Ehrfurcht, macht einen Bogen, spielt eine Weile Parkweg, und der Park spielt ein wenig Urwald, ganz theatermäßig.

Dann ist da ein Obelisk mit Kolonnen von Namen, die keiner mehr kennt, mit einer französischen Inschrift, die keiner lesen kann, wenn ihm die lyzeumsgebildete Frau des Doktors nicht dabei hilft.

Sodann ist die Straße froh, sich wieder im Wald verlieren zu dürfen. Das ist Rheinsberg.

Dort, wo dieser Waldweg zwischen Kleinbürgerhäusern auf zwei-, dreihundert Metern Hauptstraße spielt, haben sich die hastenden, schnell noch etwas einkaufenden Menschen an diesem Tage mehr zu sagen als das sonst übliche „Jutn Morjen“. Einer Vereinbarung gemäß, kommt noch das „Na ’n juten Rutsch int Neue“ hinzu, und die meisten Leute tun wirklich so, als ob etwas ganz und gar Neues beginnen sollte, und bis der Schnaps am Abend und in der Nacht getrunken ist, glauben sie alle an dieses Neue. Der nächste Tag, der Neujahrstag, beginnt dann mit einem durchaus bekannten Katzenjammer.

Ich mache mich noch schnell einmal mit den Stuten auf den Weg. Es schneit mittelheftig. Die Chance, in wohltuende Zeitlosigkeit einzutauchen, gebe ich mir nicht. Daheim sollen Gäste eintreffen, denen wir versprochen haben, eine Silvesterfeier zu bieten. Was für ein Unsinn, o weh!

Silvesterabend. Die ersten Gäste kommen um siebzehn Uhr: Der Chefarzt vom Kreiskrankenhaus im weißen Rollkragenpullover, sehr zusammengenommen, mit elektrischem Grill und vier Brathähnchen.

Schnaps, Kaffee, Gespräche, die Frau mit ihrem ganzen Hinhören nebenan, wo ihre zwei Kinder, nach anfänglichem Widerstand, zwischen unseren Kindern und ihrem Spielzeug in zwei Kinderzimmern *versickern.*

Dann vier Leute aus einer Feldsiedlung hinter Wäldern und Seen.

Man trinkt, man ißt ausgiebig von Evas Eßtafel, ein wohl mit zwanzig verschiedenen Speisen bedeckter Küchentisch. Auch die Pilze, die wir auf einsamen gedankenfördernden Waldgängen ins kleine Haus holten, verschwinden unter verschiedenartigsten Oberlippen.

Man versucht es mit Theateranekdoten. Der Chefarzt brät Broilerhähnchen auf vernickeltem

Grill. Unsere Söhne assistieren, feierlich beschlipst. Das Ganze macht den Eindruck einer Operation zum Jahresende.

N. rezitiert aus einer zerlesenen Schwarte Reimereien über das Ritterleben im Harz, die ein Studienrat um achtzehnhundertfünfzig auf hinkende Füße gestellt hat. Alle sind bemüht, hier und da eine humorvolle Pointe herauszupicken, um pietätvoll darüber zu lachen.

N. bemerkt nicht, daß er langweilt, und er liest immer noch eine von diesen müden Reimereien, und die letzte, weil seine Frau sie sich wünschte. Prost!

Ich glaube, bis aufs Essen hatte niemand etwas von dieser Silvesterfeier. Die eingeladenen Gäste erwarteten wohl Jubel und Trubel, wir erwarteten sinnvolle Gespräche. Es wurde weder dies noch das, und nach drei Uhr legten wir uns mit dem Gelöbnis zu Bett: Nie wieder Jahresende in dieser Form!

Raketen stiegen bei krampfhafter Lustigkeit. Ich sah die verschneiten Kiefern hinterm Friedhof fast vorwurfsvoll herüberwinken: So verbringst du die paar Jahre, die noch auf deinem Konto stehen? Der Jammer packte mich.

Lediglich die kleineren Kinder hatten ihre Freude; unsere und ihre Welt berührten sich nicht einmal bei den Mahlzeiten. Sie mußten einmal erst dann zu Bett, als sie sich auf einer alten Geige müde gespielt und dazu gesungen hatten.

3. Januar 1969

Der Selbstbetrüger

Vor der automatischen Personenwaage auf der Post in Neuruppin steht ein beleibter Sechzigjähriger, feistes Säuglingsgesicht, selbstzufriedenes Lächeln. Auf einmal fängt er an, sich zu entkleiden, legt Hut, Halstuch und Wintermantel auf ein Schreibpult und sucht umständlich einen Zehner aus der Geldtasche, dann wird er ernst, stellt sich auf die Waage. Seine plumpe Hand schiebt den Zehner in den Zahlschlitz, im Waageninnern surren die Zahnräder, als würden sie das Geldstück zu Metallspänen verarbeiten. Eine rot-weiße Blechscheibe rotiert hinter einem Glasfensterchen. Die wartenden Postkunden schauen ihm zu, wie man einem Roulettespieler zuschaut, und der Dicke starrt auf die Scheibe, wie auf ein Glücksrad, und endlich steht die Scheibe still, es kommt ein großes Wohltun aus dem Apparat, und der Mann lächelt, er sagt zu den Postkunden: Een Pfund abjenomm! Das Schicksal meint es gut mit ihm. Beim Mantelanziehen betrachtet er immer wieder die Waage, den Mechanismus hinter dem Fensterchen, betrachtet immer wieder liebevoll die Waage.

8. Januar 1969

In den Bau für die Straßen zum Himmel wurde alle Zeit viel Geist von den Menschen investiert. Früher metaphysisch, jetzt wissenschaftlich. Es muß ein Drang in der Menschheit wohnen, die Fernen bewohnbar zu machen und die Nähe zu vernachlässigen.

10. Januar 1969

Das windumspülte Haus

Die Kälte zog, knabberte und zupfte ständig an ihrem Wohlbefinden. Ihre Zellen, die Seelenkraft produzieren, mußten täglich die an Wohlbefinden verarmten Zellen mitversorgen. Ein beständiger Ausgleich nach innen schwächte und verzehrte die Kräfte, die sie nötig gehabt hätten, nach außen zu wirken.

Sie hatten sich mit einer Behausung bekauft, durch deren Wände der Winterwind pfiff. Sie kauften neue Öfen, und damit die Wasserleitung nicht einfror, und damit ihr Kartoffelvorrat nicht süßfror, ließen sie ihre elektrische Heizsonne Tag und Nacht im Stall glühen.

Ihr Haus lag auf einem Hügel inmitten anderer Hügel, und die Winde leckten Tag und Nacht am Haus.

Eines Tages machte sich der Mann auf und

durchwanderte die Umgebung, bestieg die Hügel ringsum, von denen der eine oder der andere mit dem harten Haar der Schlehdornsträucher bewachsen war. Und der Mann stellte fest, daß ihr Wohnplatz im Verhältnis zu manchem Hügel, den er bestiegen hatte, tief, sogar geschützt, lag. Er teilte es der Frau mit, und damit hatten sie es für ein Weilchen ein bißchen wärmer.

Dann aber froren sie wieder, bis sie mit der alten Frau drunten im Dorf sprachen, die sagte: Vor allem ist es schön warm da oben bei Ihnen. Immer wenn ich vom Dorf über die Hügel zum Bahnhof marschierte in der Frühe, war es kühl hier unten im Dorf, aber wenn ich dort oben bei Ihnen in den Hügeln war, wurde es warm, viel wärmer als hier unten.

Auch nach diesem Gespräch mit der alten Frau fanden die Frau und der Mann ihr Haus wieder ein bißchen wärmer, bis sie dahinter kamen, daß die Frau von ihren Bahnhofsmärschen im Sommer gesprochen hatte, da es morgens in den Niederungen länger kühl bleibt als auf den Hügeln. Und sie gewahrten auch, daß sich die Frau selber betrogen hatte, denn beim Hügelansteigen war ihr Blut in Hitze gekommen, so daß sie es auf dem Hügel in ihren Reisekleidern wärmer hatte als beim Losgehen drunten im Dorf.

Und als die Frau und der Mann das entdeckt hatten, froren sie wieder und spähten nach neuen Möglichkeiten aus, ihr Wohlbefinden für ein Weilchen anzuheben.

11. Januar 1969

Und wenn wir uns beim Betrachten der Probleme, die uns täglich bedrängen, nur auf eine Fußbank stellen, ist schon was getan, uns ihrer Herrschsucht zu entziehen.

13. Januar 1969

Die Zwergenfrau

Eine Erinnerung

Manchmal gingen wir zu der Zwergenfrau. Ich an Großmutters Hand. Großmutter selbst war sehr klein, sie ging gern zu der Zwergenfrau, wohl um sich dran zu erfreuen, daß es Frauen gab, die noch kleiner waren als sie.

Bevor wir die Wohnung der Zwergenfrau im zweiten Stock des Kleinstadthauses betraten, verriegelte Großmutter das vernickelte Schloß ihrer ledernen Einkaufstasche.

Es roch muffig in der Wohnung der Zwergenfrau. Gasgeruch, Geruch von schlecht gespülten Wischlappen, unaufgewaschenem Geschirr und unsauberem Frauenleib vermischten sich. Mir war, als ginge dieser Geruch vom Kanarienvogel aus, der in seinem Käfig auf der Kommode stand. Der Kanarienvogel der Zwergenfrau sprach. Er gab ein eintöniges Gepiep von sich, wenn ihn die Zwergenfrau anredete. Die Frau erklärte, was das Gepiep des

Vogels bedeutete. Ich lebte tief im Märchen, und es gab keinen Zweifel für mich, daß der Kanarienvogel der Zwergenfrau sprechen konnte.

Sie war nicht viel größer als ich, die Zwergenfrau, und das erfüllte auch mich mit Stolz über meine Größe. Aber sie war eine richtige Frau, etwas krummbeinig, die Beine kurz und das Haar hochgesteckt und mit der Brennschere bearbeitet, die Stimme etwas heiser. Normale Wohnzimmerstühle erkletterte sie, indem sie sich erst mit dem Bauch auf die Sitzfläche legte, dann wuselte sie sich zum Sitzen zurecht. Wenn sie saß und sich anlehnte, streckte sie die krummen Beinchen von sich, und wenn sie auf der Stuhlkante saß, baumelten diese Beinchen wie die meinen in der Luft.

Die Zwergenfrau hatte einen normal großen Mann. Der Mann trug einen verkürzten Schnurrbart, sein Kopfhaar war kahlgeschoren, und die Frau reichte ihm bis zum Hosenbund. Beim Plaudern am Familientisch saß sie wie ein Kind auf seinem Schoß. Sie hatten keine Kinder, nur den Kanarienvogel.

Die Zwergenfrau war diebisch. Im Zigarrenladen ließ sie sich stets mehrere Sorten Zigarren vorlegen, und während die Händlersfrau eine zweite Kiste vom Regal nahm, stibitzte sie aus der ersten Kiste und so fort.

Auf der Straße untersuchte sie die gefüllten Einkaufstaschen befreundeter Frauen. Das tat sie während des Gesprächs. Sie öffnete alle Tüten, stahl ein bißchen Zucker, ein paar Rosinen, sogar Reiskörnchen und verzehrte sie auf der Stelle. Man wußte das, man rechnete damit und wich der Zwergenfrau aus, oder man hatte seinen Spaß daran. Man war wohl der Meinung, daß ihr Gefühl für Besitz und Eigentum etwas verkümmert war wie das ganze Wesen.

Alle Gerätschaften, Pfannen, Tiegel, hingen in der Küche in der Kniehöhe eines normalen Menschen. Es gab einen Kindertisch und Puppenstubenregale. Der Stiel des Kehrbesens hatte die Länge eines Kinderschaufelstieles. Der Nagel, an dem die Kehrschaufel und der Handfeger in normal menschlicher Kniehöhe neben dem niedrigen Herd hingen, erregte meine besondere Aufmerksamkeit. Es war noch immer derselbe Nagel, an dem die Mutter der Zwergenfrau, auch eine Zwergin, sich erhängt hatte.

14. Januar 1969

Mein Amerika

Eine Erinnerung

Es gibt zwei Länder, in denen ich manchmal bin, in denen ich außerdem wohne. Es ist das wendische Land bei Hoyerswerda, und es ist Amerika. Die Zeit, in der ich in einem der beiden Länder bin, ist schwer zu fixieren. Nur eines: Ich wohne nicht lange dort, eine Zeit, so kurz wie die zwischen Eben-noch-Wachsein und Einschlafen.

In das wendische Land bringen mich Töne, slawische Sprachlaute, der Gesang russischer Mädchen oder das Liebesgirren von Frauen.

Nach Amerika bringen mich Bücher, in denen von diesem Lande die Rede ist, einzelne Sätze aus diesen Büchern oder die Pausen vor und nach diesen Sätzen. Oft ahne ich schon, wenn ich den ganzen Satz mit den Augen erfasse, ohne seinen Sinn noch aufgeschlossen zu haben, daß er mich nach meinem Amerika bringen wird.

Mein Amerika: Es kann ein Holzhaus mit einer Veranda sein, ein billiges Haus auf einem wüsten Landfleck. Die Verwandten oder ich allein leben in diesem Haus. Kein anderes Haus weit und breit, aber ein grasendes Pferd gesattelt hinterm Haus.

Es kann eine hölzerne Lade sein, ein Überseekoffer oder ein Möbel, ähnlich der Kommode in der Stube der ewig kranken Vatermutter. Es kann der muffige Schimmelgeruch sein, den nasses Holz erzeugt, es kann das Wort *street* in einem Buche sein. Alle *streets* sind kurz und von Holzhäusern gebildet, und man sieht an ihrem Ende die offene Prärie. Es können Akkorde auf dem Klavier sein, ganz bestimmte Akkorde, die der Großvater, den ich nicht kannte, im Liebeskummer anschlug. Es kann ein amerikanisches Lied sein, ein Lied von ausgereisten Männern gesungen, das der Großvater, den ich nicht kannte, dirigiert. Es kann die Rede von einem rothaarigen Mädchen sein, die mir mein Amerika aufschließt. Es ist jenes Mädchen, das ich nicht kannte, um das sich mein Großvater, den ich nicht kannte, erschoß.

Es kann ein Hund sein, der in einem Satz mitten in einem Buch aufstreunt, und er wird zu meinem amerikanischen Hund, zu jenem, der meinem Onkel Franz den Todesbiß beibrachte. Onkel Franz aber war fünf Jahre alt, als er am Hundebiß starb. Er wäre ein Wunderkind gewesen, wie die Großmutter berichtete, hätte mit fünf Jahren schon Klavier gespielt wie ein Erwachsener. Ich sehe eine geschiente Kinderhand, ein dünnes Brett ragt als Unterlage aus einem weißen Verband, einem Hundebißverband, in Amerika.

Und bald hätte ichs vergessen: Auch schwebende Telefondrähte an summenden Holzmasten in einer deutschen Landschaft vermögen mich heute noch für Augenblicke in mein Amerika zu bringen. Das Ohr an die summenden Masten gelegt, führten wir Gespräche mit unserem Onkel Stefan, dem Deutschland und seine Lehrer nicht gefielen, der heimlich nach Amerika zurückgegangen war.

Und dann Bücher. Ihr Äußeres, der von der Seeluft etwas wellig gewordene Einband, ihre stockfleckigen Seiten mit dem dumpfen Geruch, den Papier ausströmt, das mürb ist und Zerstörungskeime in sich hat. Es können aber auch gewellte, aneinanderklebende Ränder von Buchseiten sein, die braungewölkt sind und die man wenden muß und die mit widerwilligem Trenngeräusch den Blick auf eine Strichzeichnung eröffnen, die uns beim raschen Durchblättern des Buches entgangen war:

Kinder in fremden Latzhosen und großen, breitkrempigen Hüten, wilde Pferde und romantisierte Landschaften: Colorado claro.

Das ist mein Amerika, ein Land aus Kindergedanken und Empfindungen, flüchtig wie Blumenduft, uneinfangbar, und je länger ich von ihm schreibe, desto rascher zerfließt es.

16. Januar 1969

Ich lebe zwei Leben. Eines als Pferdezüchter und eines als Schriftsteller. Eines weiß vom anderen nichts, aber sie profitieren voneinander.

17. Januar 1969

Was Brecht betrifft, so wurde und wird viel über ihn zusammengelogen. Als er lebte, aus Niederträchtigkeit von seinen Gegnern, als er tot war, aus Verehrungssucht von Intellektuellen.

3. Februar 1969

Der Brischkenbaum

Ich träume oft von Brecht. Alle Träume zeigen mich mit ihm in Harmonie. Der heutige Traum war ein wenig anders. Der Regiestab saß vorn im Zuschauerraum und verfolgte das Spiel auf der Bühne. Die lieben Kollegen benahmen sich, als zelebriere man einen Gottesdienst. Ich aß ein Butterbrot. Brecht schien das für Desinteresse zu halten und sagte: Du schiebst ja grrräßlich ein.

Ich versicherte, daß mir trotzdem auf der Bühne nichts entgehe, ich hätte eben Hunger.

Er schien mir zu mißtrauen. Auf der Bühne stand ein Kirschenbaum, seine reifen Kirschen glänzten, Stare stürzten sich, nach Brechts Meinung, nicht eifrig genug auf die Kirschen. Für die Stare ist das Leben nichts als ein einziger Brrrischkenbaum, rief Brecht den Vögeln zu. Man sah, er wollte die Vögel verblüffen und ihnen schlagartig das Verhalten klarmachen, das er von ihnen wünschte. Gleichzeitig versuchte er festzustellen, ob das Wort *Brischkenbaum* auch auf mich Eindruck gemacht hätte. Ich beteuerte, daß mir das Wort nicht entgangen wäre. Er aber sagte: Darauf bin ich stolz, das gibt es auf der Welt nicht noch amal.

Meine Kollegen schmeckten das Wort Brischkenbaum genüßlich ab. Brecht wollte meine Meinung zu seiner Erfindung wissen. Ich sagte, daß man so ein ungewöhnliches Wort wohl verwenden könne, aber nicht zu häufig. Man müsse genug Raum zwischen zwei Wortüberraschungen lassen und dem Zuhörer Zeit zubilligen, die Wörter jeweils aufzuschließen, einzuordnen und zu verarbeiten. Brecht sah mich überrascht an, wohl, weil das, was ich sagte, belehrend geklungen hatte. Man spürte eine sich anbahnende Feindschaft zwischen uns. Das machte mir das Herz schwer, und ich erwachte und analysierte den Traum. Er enthielt Teilstücke aus der Wirklichkeit. Das gibts auf der Welt nicht noch amal, sagte Brecht oft, wenn er auf seine Probebühne, die ihm der Staat zur Verfügung gestellt hatte, zu sprechen kam. Eine kleine Feindschaft gabs zwischen uns wegen der Beleuchtung im Schlußakt von „Katzgraben“. Sie war nur kurz und hat sich nicht wiederholt. Auch für die andern Teilstücke des Traums hätte ich Belege in der Wirklichkeit finden können, aber ich schlief wieder ein.

4. Februar 1969

König Lear

Als ich dieses Drama zum ersten Mal las, war ich Schüler. Ein dicker Band Shakespeare-Dramen mit Kupferstichen, wie man sie um die Mitte des neunzehnten Jahrhunderts als Buchillustrationen anfertigte, war in die Kellerwohnung der Hausmeistersleute gelangt, bei denen ich wohnte. Vielleicht war der Band, den seine Kupferstiche *unmodern* gemacht hatten, ins Altpapier gegeben worden, und mein Pensionsvater hatte ihn auf seine Weise *gerettet* und in das kleine Regal gestellt. Es gab da einige Bücher, und man mußte sich hinknien, wenn man eines heraussuchte.

Ich sprach den Namen des englischen Wilhelm damals noch deutsch aus: Schakespeare. Und die etwas sentimental gehaltenen Kupferstiche, besonders die Abbildungen vom alten Lear, bestimmten mich, diese Geschichte einmal zu lesen. Für mich gab es damals nur Geschichten, und ich las auch die Dramen wie Geschichten. Die Geschichte vom alten Lear rührte mich von der Fabel her an, weil ich Lear mit meinem Großvater, den ich noch unkritisch liebte, gleichsetzte.

Inzwischen las ich den „Lear" mehrmals, und jetzt las ich ihn wieder, und der Eindruck verstärkte sich, daß er eines der dichtesten Werke Shakespeares ist. Es sind ihm eine Menge Weltkenntnis und Weisheit eingepflanzt.

Freilich reizt die äußere Handlung, wenn man sie aus dem Gewebe tiefer Erkenntnisse extrahiert, ein wenig zu unernsten Empfehlungen, die da heißen könnten: Werd nicht zu zeitig Ausgedinger!

Geh nicht zu früh auf Rente!

Liefere dich nicht der Willkür deiner Kinder aus!

Wenn man jedoch solche Sätze liest, vergeht einem die Spottlust:

„... dulden muß der Mensch
Sein Scheiden aus der Welt
Wie seine Ankunft:
Reif sein ist alles."

„... sein Alter wirkt, sein Rang
Noch mehr, wie Zauber,
Ihm der Gemeinen Herzen
Zu gewinnen ..."

„Aus Spöttern werden oft Propheten ..."

4. Februar 1969

Vom Schreiben

Solang man *unverbindlich* schreibt, gewissermaßen zu seiner Selbstverständigung kritzelt, fängt man irgendwo an, und es ist einem gleich, wohin das Geschriebene führen wird.

Sobald man sich vornimmt, jetzt schreibst du eine Geschichte, und zu überlegen und auszurechnen anfängt, an welcher Stelle man zu beginnen und an welcher man aufzuhören hat, damit es eine *durchschlagende Erzählung* wird, hat man seine Schreiberunschuld verloren.

Valentin Katajew hat recht, wenn er sagt: Gut schreiben können heute viele, aber haben sie was zu sagen? Er setzt der formvollendeten Schreiberei den von ihm *erfundenen* Mauvismus entgegen: Lieber ein wenig rauh schreiben, stilistisch nicht vollendet, aber sagen, was man wirklich sieht und fühlt.

4. Februar 1969

Das Schicksal eines Buches

In meiner Farmerzeit fiel mir ein Buch in die Hände, das ein Amerikaner namens Pitkin, Professor an der Columbia-Universität, geschrieben hatte. „Das Leben beginnt mit Vierzig". Als ich das Buch las, war ich fünfundzwanzig Jahre alt, und es war mir ein Trost, daß ich noch Zeit hatte, mit dem Leben zu beginnen.

Später, viel später, begegnete mir das Buch in einem Antiquariat, ich war sechsundfünfzig Jahre alt, und was den Vierzigjährigen gesagt wurde, kam für mich zu spät.

Ich lieh das Buch einem Freunde, und dem schien es grade recht zu kommen. Ich schließe es aus dem Umstand, daß er gern *vergessen* möchte, es mir wieder zu geben.

9. Februar 1969

Glaubwürdigkeit

Ich habe zwei Freunde, oder sinds gar drei, die niemals Fehler machen, und das ist mir oft so widerlich, daß ich ihnen sagen möchte, bezichtigt euch doch bitte eines Fehlers, den ihr nicht gemacht habt, damit ihr glaubwürdig bleibt.

12. Februar 1969

Brecht und die Flieger

Er flog nicht mit dem Flugzeug, jedenfalls in der Zeit, da ich mit ihm zusammen war, schon nicht mehr. Sein Grund: Zu wenig Sicherheit, weil: die Piloten landen nurrrmehr mit dem Arsch, und am Arsch haben sie keine Augen.

20. Februar 1969

Zu Fontanes „Irrungen, Wirrungen"

Auch Fontane hat zuzeiten die mit Kiefernharz und Seeschlammduft vermischte Luft um Neuruppin geatmet, und er wird mir immer sympathischer, aber nicht aus Gründen der *Luftgemeinsamkeit.*

In der Novelle „Irrungen, Wirrungen" fließt das Leben, wie immer bei ihm, nur scheinbar alltäglich dahin. Der Untertitel (wohl auch damals beim Vorabdruck in der „Vossischen Zeitung") „Eine Berliner Alltagsgeschichte" scheint mir eine charmante Hinterlist gewesen zu sein, denn was uns in der *Alltagsgeschichte* aus Berlin gezeigt wird, sind moralisch *angefaulte* märkische Junker, die als *Junge Leute* in der Nähe des Kaisers Dienst tun, um dem langweiligen Leben auf den Dörfern zu entgehen. Dort sitzen ihre Alten, und die Junker werden einst ihre

Nachfolger sein, aber erst müssen sich die Nachfolger *austoben*, damit sie paßrecht für die wohlerzogenen, etwas trägen Adelstöchter sind, die draußen in der Mark auf ihre *Ritter* warten, natürlich mit der nötigen Mitgift ausgestattet, die das von den Junkern verbeutelte und verspielte Geld wieder hereinbringt.

Und die Mädchen, mit denen sich die Herrensöhne in Berlin vergnügen, die Bürger- und Handwerkertöchter wissen vom ersten Augenblick einer solchen *Fehlverbindung* an, daß sie nicht geheiratet werden, und sie lieben diese Kerle trotzdem innig und mit all der ihnen zur Verfügung stehenden Anmut und Treue. Die „Berliner Alltagsgeschichte" wird zur Ironie, wenn die Handwerkertöchter sich prostituieren für den preußischen Adel, den Fontane, und das verzeiht man ihm nicht allzu gern, viel zu edel darstellt und herausputzt. So mag er diese Herrschaften als Junge über den Apothekertisch gesehen haben.

Die Bürgermädchen in „Irrungen, Wirrungen" beklagen nicht, daß ihr *Glück* eines schönen Tages zu Ende sein wird. Es ist so, weil es so sein muß! Sie fügen sich drein und heiraten später Witwer oder Junggesellen, die keine besonderen Ansprüche an die sogenannte Vergangenheit ihrer Bräute stellen, wenn die nur proper und zu ihnen ein wenig gut sind. Und das gelingt diesen Lenes und Frau Dörrs auch, obwohl das beste *Liebespulver* vertan ist an einen Geschniegelten, der seidene Unterwäsche trug. Es bleibt den Handwerkertöchtern noch Güte übrig für einen ältlichen Bürgersmann in auskömmlicher Position, dem vielleicht die Nase schon tropft, und der graues, grobes Unterzeug trägt.

Aber zuletzt kommts einem dann doch so vor (und hier hält sich seine Altersweisheit wieder versteckt), als wollt uns Fontane zu verstehen geben: Was kommts auf ein langes, solides Eheleben an? Genügts nicht, wenn man einmal, und wärs nur einen Sommer lang, recht innig geliebt hat? Überstrahlt eine solche Liebe nicht ein ganzes Leben?

Und es wird versöhnlich gestorben – wie immer bei Fontane. Ich meine den Tod der alten Mutter Nimptsch, die lebt, solange sie sich am Kamin und an der hell-lichten Liebe ihrer Adoptivtochter wärmen kann, und die stirbt, als Lenes Liebe zum Baron zu Ende geht.

Vielleicht hat Fontane diese Situation nicht so bewußt hergestellt, so bezüglich, wie ich sie hier aufstöbere, aber wenn er es instinktiv gemacht hat, ist es ihm *geglückt*. Wenns einem nur immer so *glükken* wollte, dann brauchte man nicht an seiner Berufung zum Aufschreibergewerbe zu zweifeln.

1. März 1969

Weshalb ich kein Angler wurde

Der Vorsitzende der dörflichen Anglersparte sitzt in meiner Stube und ist unzufrieden mit mir. Er will einen Angler aus mir machen, und ich will kein

Angler werden. Aber du mußt etwas tun zur Unterstützung der Kampagne für die Freizeitgestaltung!

In meiner Freizeit muß ich Briefe meiner Leser beantworten.

Na, ein bißchen Zeit zum Angeln wird wohl noch drin sein.

Ich will aber nicht angeln. Es macht mir mehr Vergnügen, durch eigene Anschauung etwas über die Lebensgewohnheiten von Tieren und Pflanzen herauszukriegen.

Über die Lebensgewohnheiten von Fischen kannst du nur etwas erfahren, wenn du angelst.

Ich will aber nicht, ich bin eine Hegernatur.

Heger hin, Heger her, und wenn dir eines Tages die Wildschweine den Garten zerwühlen, vielleicht sogar deine Kate ausheben, wenn die Wildschweine eines Tages in Berlin eindringen und die Mülltonnen umkippen und sich die Haushaltsabfälle zu Gemüte ziehen? Der Spartenvorsitzende fängt von einer anderen Seite an. Als Mitglied der Sparte müßte ich ja nicht unbedingt angeln und Fische töten. Ich könnte mirs am See-Ufer gemütlich machen und im seichten Randwasser dem Getümmel der Fische zusehen.

Aber dazu brauch ich doch nicht Mitglied der Angelsparte zu sein. Doch, als guter Zeitgenosse müßte ich das, der Kreis habe die Auflage erhalten, fünftausend neue Mitglieder in den Anglerverband einzubringen.

Aber es gibt doch nicht in allen Dörfern des Kreises Fischgewässer.

Aber es gibt dort Motorisierte, die man für die

Anglersparte gewinnen muß, sie können ja hinfahren zu den Gewässern. Auch der Bezirk wäre, so versichert der Spartenleiter, mit der Werbung von vielen, vielen tausend Anglern beauflagt. Er spricht vom Bezirk, als ob der ein geplagter Mann, und von seiner Sparte, als ob die eine geplagte Frau wäre, und er bearbeitet mich weiter und sagt: Die Beiträge sind nicht hoch bei uns, und es bleibt jedem Mitglied überlassen, zu angeln oder nicht zu angeln. Wir zwingen niemand. Aber wer Mitglied bei uns ist, der ist gesichert: Sollte ihn eines Tages die Lust überkommen, doch zu angeln, so ist er gedeckt: Er hat den Ausweis der Angelsparte.

In welchem See angelst eigentlich du? frage ich den Spartenvorsitzenden.

Ich, wieso? Als ob ich Zeit zum Angeln hätte bei meiner Spartenarbeit.

17. April 1969

Tod eines Freundes

Als mich die Nachricht von seinem Tode erreichte, mußte ich immerzu an ihn denken. Es waren wohl dreimal vier Sommerwochen, die wir damals zusammen verlebten. Ich lernte ihn als Bäckerlehrling in Bad Pretzsch kennen. Jahre später verlebte er einige Sommermonate mit mir bei den Eltern, wo ich als Bäckergeselle arbeitete. Sodann verlebte ich einen Urlaub mit ihm in Leipzig. Er war damals jung verheiratet und arbeitslos. Sein Wissen schien mir universell. Er beschäftigte sich mit Altertumsforschung, mit Botanik, war auch literarisch nicht unbeschlagen, sang zur Gitarre, und ich lernte viele Wandervogel- und Volkslieder von ihm. Wir gehörten dem Arbeiter-Touristen-Bund „Die Naturfreunde" an.

Das Leben trieb uns auseinander. Zwanzig Jahre wechselten wir nur hin und her einen Brief, und endlich trafen wir uns hier in meiner Wahlheimat wieder. In meinen Erinnerungen waren die Jugendeindrücke aufgehoben, der Freund darin als sozialistischer Schwärmer. Jetzt stand ein etwas anspruchsvoller Kleinbürger vor mir, der sein Leben fast nutzlos verausgabt hatte. Er kannte die Pflanzen nicht mehr, die er mich kennen lehrte, er wußte die Lieder nicht mehr, die wir damals zusammen gesungen hatten. Ich stellte fest, daß sein Wissen aus einer dünnen Decke von äußerlichen Fakten bestand, die er sich mechanisch angeeignet hatte. Er sammelte Zeitungsausschnitte aus siebzig *Wissensgebieten,* wie er es nannte. Was in diesen Zeitungsausschnitten stand, das hatte er sich angeeignet, das wußte er. Für ihn war überhaupt nur maßgeblich, was in Zeitungen stand, und das blieb so bis zu seinen letzten Tagen. Auch sein Urteil über meine schriftstellerische Arbeit entnahm er den Zeitungen. Was übrig blieb vom Idol meiner Jugend, war ein liebenswertes Kuriosum.

Nun starb er, siebenundsechzig Jahre alt. Sein Tod machte mich trotzdem traurig. Noch immer hielt ich ihn, obwohl das eine Täuschung war, für einen Kameraden aus einer Jugend, in der für uns beide alles möglich war. Oft bestürmte ich ihn mit gemeinsamen Erlebnissen aus jener Zeit. Doch er antwortete nicht darauf, er wußte nichts mehr von ihnen. Aber mir war, als ob diese Jugend nur in ihm schliefe. Ich vertraute darauf, daß sie eines Tages wieder erwachen würde. Nun sind die Hoffnungen darauf zunichte, und eben dieser Umstand ists wohl, der mich traurig sein läßt.

20. April 1969

Gesichter sind Landschaften, und die Geodäten, die diese Landschaften deuten, sind die Dichter.

21. April 1969

Notizen auf dem Krankenbett

Schon in der Kindheit begann ich, Menschen, Dinge und Verhältnisse so eingehend zu betrachten, daß sie mir Seiten zeigten, deren Vorhandensein von meiner Umgebung nicht bestätigt wurde. So kam es, daß ich diese Art, meine Umwelt zu betrachten, als etwas Abseitiges, etwas nicht Wünschenswertes empfand. Und ich gab mir Mühe, endlich ein *reifer Mensch* zu werden und die Umwelt so zu betrachten, wie es die Menschen um mich her taten. Das gelang mir, trotz der Anstrengungen, die ich investierte, selten.

Als ich zu schreiben begann, wagte ich nicht, die Umwelt so zu beschreiben, wie ich sie sah. Ich zwang mich dazu, die Welt so zu beschreiben, wie ich glaubte, daß sie *normale Menschen* sähen.

Es verging eine Menge Zeit, bis ich erkannte, daß man in der Kunst nur Eigenständiges leisten kann, wenn man den Mut in sich heranzieht, die Welt so zu beschreiben, wie man sie wirklich sieht, und ich wurde gewahr, daß das, was ich für meine Schwäche gehalten hatte, meine Stärke war.

21. April 1969

Die Menschen verändern sich wenig, ihre Einbildungen sehr.

11. Mai 1969

Die Robbe

Es war schön gewesen, so mit Eva, Matthes und Jakob in den Frühling hineinzufahren, aber tief innen war ich verzweifelt über die Rückkehr der Krankheit.

Nachmittags und abends kroch ich so herum, lag viel und las, hatte mich in Fontanes Roman „Stechlin" vertieft, dem ich bisher, weil er so schleppend beginnt, ausgewichen war.

Es war nicht möglich, sich länger zu betrügen, der Schwächezustand glich dem der letzten Berliner Tage. Dabei hatte ich so fest damit gerechnet, aufs Pferd steigen und in den Mai hinausreiten zu können. Aber ich lag umher, vor der Nase den papierenen „Stechlin"!

Eva hatte den Arzt benachrichtigt. Der Arzt kam gegen Abend, vermaß mich mit seinen Apparaturen, die so herb nach dem roten Gummi der Schläuche riechen, und machte ein bedenkliches Gesicht. Ich sollte sofort aufhören, das in Berlin verordnete Medikament zu schlucken, sollte auf ein anderes Medikament *umgestellt* werden. Aber dazu müßte ich, damit nichts *passieren könne*, ins Krankenhaus.

Ich war einverstanden, denn in dieser Schwäche umherzukriechen, schien sich mir das Leben nicht zu lohnen. Seit dem 21. April hatte ich nichts Eigentliches mehr geschrieben, es sei denn jenen Brief, den ich an den Schriftstellerkongreß richtete. Er wurde nach anfänglichem Widerstreben (wo die Widerstreber sitzen, die ja eigentlich zu den Strebern gehören, erfährst du nie) verstohlen und versteckt in einer Ecke des „Sonntag" abgedruckt. Überschrift „Brief vom Krankenbett". Das sollte wohl ein bißchen zum Ausdruck bringen, daß der Verfasser für nicht ganz normal genommen werden dürfe.

So geschahs denn, ich wurde ins Krankenhaus

geholt. Da saß ich, fein angezogen, auf einem weißen Küchenstuhl im kahlen Zimmer und konnte mich nicht entschließen, ins Bett zu steigen. Es hatte so gar nichts Verlockendes an sich, stand steril wie eine Bahre vor mir. Im Zimmer drei Tischchen, aber kein Schrank, auf jedem Tischchen ein Schwestern-Frühlings-Sträußchen. Das wars. Ich sah eine Weile aus dem Fenster in die soeben aufblühenden Obstbäume der Granseer VEB Plantagen. Der Ausblick von der Höhe auf die Blütenbäume drunten war lieblich. Eine Frühlingspostkarte. Die Autos auf der Berlin–Stralsunder Landstraße krochen wie Blattläuse über diese Glanzpostkarte. Immerhin, es drang ein Summen von Bienen und fernen fahrenden Autos herauf.

Ich schob meinen Koffer unter den Tisch und war fertig mit aller Arbeit für diesen Tag. Ich kroch, auf dem nackten weißen Stuhl sitzend, lesend in Fontanes „Stechlin“ hinein.

Der Arzt kam und ließ Apparate auf mich los, die meine Herztätigkeit beurteilen sollten, und er hieß mich ins Bett steigen.

Am Nachmittag wurde meine Lunge geröntgt, dann stieg ich wieder auf meine Bahre, las und schlief und las und schlief, und die Schwestern kamen und gingen, und sie betrachteten mich, als ob ich eine in der Elbe gefangene Nordseerobbe wär. Die Assistenzärzte kamen, wohl aus dem gleichen Grunde, erkundigten sich aber, um nicht ganz *für Naß* ins Zimmer eingedrungen zu sein, nach meinem Befinden. Ich sagte: Müde, schlapp!

Sie sagten: Hm, hm! und sie gingen wieder.

Und es fing mir an, besser zu gehen, nach all dem, und ich wurde, auf ein neues Herzmittel umgestellt, aus dem Krankenhaus entlassen.

Na, wieder gesund? fragten mich die Bekannten, Hoffnung und Optimismus in der Stimme, und obwohl ich schon wieder umherging, sogar ritt und auch einmal, unter Anstrengung zwar, auf der Wiese beim Heuen half, spürte ich weder Drang noch Zwang, an eine eigentliche Arbeit zu gehen. Gesund war ich erst wieder, als ich meinen Maßstab für Gesundheit erfüllt hatte und am siebenundzwanzigsten Juni eine Geschichte, die ich schon für einigermaßen fertig gehalten hatte, umschrieb.

28. Juni 1969

Soll es wirklich so sein, daß der ganze Sommer hingeht, ohne daß hervorkommt, was während der Krankheit heranwuchs?

29. Juni 1969

An einem Tag Ende Juni

Schön ists, auf der Waldweide zu liegen, bäuchlings im harten Gras, und auf das vor zwei, drei Stunden geborene Fohlen zu sehen. Noch ruht es in der Embryohaltung und ist seiner Glieder nicht mächtig. Die Sonne hat es getrocknet.

Es ist halber Vormittag. Der leichte Morgenwind zerfächelt die Schwüle. Der Pirol singt und holt seine Flötentöne aus einer Welt, in die man nur gelangt, wenn es still in einem ist, wenn alle Wünsche schweigen, wenns in den Kiefernkronen säuselt und das Faulbaumlaub zittert.

Die Stute steht, müde von der Anstrengung des Gebärens, eine *Hinterhand* schonend auf die Zehe gestellt, vor dem ruhenden Etwas, das sie gebar, das wir Menschen *Fohlen* nennen, vor jenem Extrakt aus Fuhren von Waldgras und Heu.

An meinem Handgelenk wird mit jedem Ticken der Uhr die Gegenwart zur Vergangenheit. Hinter mir blüht der See mit tausend weißen Hausenten. Ihr Geschrei und Geschnatter dringt nicht bis zu mir herüber. In der Bucht nahbei halten die Wildenten ihre Jungen im Schilf vor den weißen Artgenossen verborgen. Wildenten – Gebilde aus Algen, Plankton und kleinen Fischen, wurzellos dahinschwimmende Wasserpflanzen. Hausenten – mit dem vom Menschen angezüchteten weißen Gefieder, Produkte aus Mais und Fischmehl, das sie dem Futterautomaten am Ufer entnehmen, leichte Beute der Seeadler. Noch zwei Wochen, und ihr weißes Gefieder wird in Säcken irgendwohin transportiert werden, und die nackten Leiber der toten Vögel werden in Zellophan in den Auslagen der Geflügelhandlungen in den Städten liegen; wohin sie von dort aus verschwinden, und wer sie verwandeln wird, das weiß man.

Eine halbe Stunde ist vergangen. Die Mutterstute hat von Zeit zu Zeit Kontakt mit dem Ohr des Fohlens aufgenommen, hat die Ohrenspitze leise mit dem weichen Maul berührt, das Fohlen schlief. Wenn im Walde ein Ast knackte, wenn andere Stuten aus der Herde sich neugierig näherten, hat die Mutterstute als Zeichen der Abwehrbereitschaft die Ohren angelegt und die Hinterhand, die bis dahin ruhend, auf der Hufspitze, dem *Zeh*, stand, zuckend erhoben wie einen Schlägel.

Hat der Mensch nicht vielleicht von allen Pflanzen und Tieren, die schon vor ihm die Erde bewohnten, irgendein Gerät abgeguckt und es nachher seine *Erfindung* genannt? Der rollende Stein, war er nicht das Vorbild des Rades, der dahinsegelnde Samen des Löwenzahns, war er nicht das Vorbild des Fallschirms, der Huf des Pferdes, war er nicht das Vorbild des Schlägels, des Hammers, und war nicht der Schnabel des Schwarzspechtes, der jetzt mit seinem Geprassel die Aufmerksamkeit der Stute auf sich lenkt, das Vorbild des Meißels?

Eine Stunde ist vergangen. Am Euter der Stute hängen Milchtropfen. Elf Monate ernährte die Stute das Fohlen nach einwärts. In einer Stunde (aber was sind hier Zeitangaben?) hat sich die Ernährung nach auswärts umgestellt. Es geschah, wie das Atmen, unbewußt und so unbewußt wie die Arbeit des Herzens, und so wie uns durch Schmerzen bewußt wird, wenn die Arbeit unserer Organe durch eine Behinderung gestört wird, verspürt jetzt die Stute, daß der Ausfluß der Milch aus ihrem Euter behindert ist. Das Fohlen, ein von ihr jetzt losgelöstes Organ, in das die Milch hineinzufließen hat, ist nicht zur Stelle, es schläft und schläft.

Die Stute, vom Schmerz im Euter gepeinigt, fängt an, mit den Vorderhufen zu scharren, und der Waldboden, auf dem der Kopf des Fohlens ruht, wird erschüttert.

Das Fohlen erwacht, es *zwinst*, seine Lider öffnen sich, das Sonnenlicht fällt in sie hinein, die Lider schließen sich bis auf einen Spalt, es kann die helle, andringende Außenwelt mit voll geöffneten Augen noch nicht ertragen. Mit halbgeschlossenen Augen versucht es sich zu erheben. Seine erste Arbeitsleistung als selbständiger Organismus beginnt.

5. Juli 1969

Ertrag einer Krankheit

Ists ein Anruf, der aus der Krankheit kam? Ich versuche jetzt, den Ablauf jedes Tages zu variieren. Ich glaube gemerkt zu haben, daß ein allzu fester Tagesablauf, wie ich ihn mir die Jahre zuvor herstellte, zu Verkrampfungen führt. Jahrelang erlebte ich die Morgen nur am Schreibtisch und bildete mir ein, zu einer anderen Tageszeit nichts produzieren zu können. Die anderen Tageszeiten waren nurmehr für irgendwelche mechanischen Schreibarbeiten, Routinebriefe, Korrekturen, Arbeit im

Hof und im Stalle zu verwenden. Schreiben am Abend, zum Beispiel, war unmöglich.

Diese Verkrampfung (oder wars eine Autosuggestion?) versuche ich jetzt zu durchbrechen: Manchen Tag wandere ich schon um fünf Uhr umher, und ich schau den Tieren und Pflanzen als erster ins Gesicht. Dieses Gehen durch Morgenstille und Morgenfrische – ich hatte es mir aus dem Leben „herausorganisiert".

Einen anderen Tag wieder reite ich früh oder fahre mit Herbert in die Waldkoppel zu den *Shetländern*. Hin und wieder springt ein Gedanke auf, springt aus dem Gras wie ein Heuhüpfer, und ich fange ihn, und ich schreibe ihn im Gehen nieder.

12. Juli 1969

Ein Wurm sitzt in meinem Herzen und nagt. Ich setz ihn auf galoppierendem Pferde dem Wind aus. Ich trinke Regen, ich esse Blättertau, ich atme den Harzduft der Kiefern ein. Der Wurm nagt matter. Wann wird er verenden?

12. Juli 1969

Muß ich, der Aufschreiber, selber glücklich sein, um andere glücklich zu machen? Ich weiß es nicht, aber eines weiß ich, ich muß lachen, und ich muß weinen, um andere lachen und weinen zu machen.

3. August 1969

Dürre

Die Heidelbeeren verdorren in den Wäldern, die Dürre treibt die Heidelbeersucher nach Hause: Es lohnt sich nicht. Die gedörrten Beeren sind nicht süß, sie sind sauer, auch die Augustäpfel sind klein und sauer, und in den Gemüseläden der Städte sieht man notreife Aprikosen. Die Früchte der Ebereschen röten sich viel zu früh, und die Ebereschenblätter vergilben. Der Kohl in den Gärten und auf den Feldern kümmert, und das Kraut der Kartoffeln liegt welk am Boden.

Die Flüsse versiegen. Der Transport auf den Wasserwegen muß eingestellt werden. In den Zeitungen werden Ratschläge erteilt, wie das verbliebene Wasser am besten zu nutzen sei. Feuerwehren besprengen Viehweiden, und den kleinen Leuten wird das Wassersparen als *Tugend* empfohlen.

Das alles in einem Sommer, da der Mond zum ersten Mal von Menschen betreten wurde. Das alles im *Wissenschaftlichen Jahrhundert*, da die Technologen nicht müde werden, sich selber und die von ihnen geschaffenen Denkmaschinen zu loben.

14. August 1969

Am See

Ich saß auf rohen Kiefernstämmen am See. Mein kluger Birkenhund stand am See-Ufer und beobachtete mich, und ich sah die Kähne an der Anlegestelle leise von links nach rechts und von rechts nach links schwimmen, so weit nach rechts und so weit nach links, wie es ihre Vertäuungen zuließen. Wasserwanzen hobelten übers flache Strandwasser und hinterließen Kreisornamente auf der Wasseroberfläche, und die Wasserwanzen eiferten, als ob der Sinn ihres Lebens darin bestünde, Kreisornamente aufs Wasser zu prägen, Kreisornamente, die nach einer Weile wieder vergingen, besser gesagt, sie schienen zu vergehen, denn seit ich weiß, daß alles um uns her schwingt und wellt, auch wenn wir es nicht sehen, mißtrau ich meinen Augen hin und wieder bewußt und halte ihre Wahrnehmungen für unzureichend.

Der Pirol sang, und der Zilp-Zalp schickte sein anspruchsloses Zweiton-Liebeslied aus, sandte Schwingungen aus, um bei seinem Zilp-Zalp-Weibchen Sympathien auszulösen.

Das Lied des Pirols hörte sich an, als ob es in

einem besonderen Raum klänge, in einem Raum, den der Vogel aus südlichen Ländern mitbrachte.

Ein russischer Weiser sagte, Gefühle seien Erinnerungen an etwas, was wir einst erlebten, und er dachte, als ers sagte oder aufschrieb, an Erinnerungen des Menschen aus einem Vorleben, und er glaubte daran. Es kann *so* sein, aber auch so, und das eine ist so unbewiesen wie das andere. Von mir weiß ich: Die Gefühle, die der Ruf des Pirols in mir auslöst, stammen aus meiner Kindheit. Vor den Fenstern jenes Kottens, in dem ich die frühe Kindheit bis zu meinem siebenten Lebensjahr verbrachte, begann jenseits der Chaussee, die nach Schlesien führte, der Wald, und aus dem Wald rief im Spätfrühling und im Frühsommer der Pirol, und er rief nach der Deutung meines Großvaters: *Kumm in Pilze, kumm in Pilze.*

Aber nicht diese Großvaterworte allein sinds, die meine Erinnerung zum Schwingen bringen, wenn der Pirol ruft, sondern die Stunden meiner unbelasteten Kindheit, die kein Vorher und kein Nachher kennen, die voll sind vom JETZT, und die zufrieden sind mit dem Augenblick. Ja, diese Stunden sinds, die mit dem Ruf des Pirols heraufkommen. Und dann ging der Großvater mit mir in den Wald, und der Wald war für mich das Märchen, das mir nicht Menschen, sondern Bäume erzählten.

15. August 1969

Einen Tag nach dem Geburtstag

Ich drehe an den Knöpfen des kleinen Stehkalenders. Er steht seit einigen Jahren auf meinem Schreibtisch. Russische Schulkinder („Tinko"-Leser) schickten ihn mir. Nun spielt er sich als meine Lebensuhr auf, das heißt, ich mache ihn dazu. Jeden Tag in der Frühe setze ich seine Kunststoffrädchen in Bewegung, und ein Tag und eine Nacht gelebten Lebens verschwinden im doppelwandigen Kunststoffviereck, sie fallen nach unten, sie fallen ins Nichts, und es erscheint die Nummer des neuen Tages von meinem noch ungelebten Leben.

Als ich heute an dem Kunststoffknebelchen drehte, verschwand der letzte Tag meines sechsundfünfzigsten Lebensjahres, und die Nummer des ersten Tages meines siebenundfünfzigsten Lebensjahres erschien im Zahlenfensterchen. Der Wiederkehrtag meines Geburtstages fiel in den Papierkorb zu den anderen, unbrauchbar gewordenen Tagen.

15. August 1969

Die Halbinsel

Vor einem Jahrhundert war sie noch eine Insel. Sie ist von alten Kiefern bestanden, und einige dieser Kiefern haben den Umfang von Gärbottichen in

Brauereien. Unter ihnen wachsen Brombeeren, Farnkraut, Brennesseln, harte Gräser. Wildhopfen, Holunderbäume, Heckenrosen und Pfaffenhütchensträucher. Alle Sträucher in eigenwilligen Formen, verlockts mich zu sagen, als wenn ich nicht wüßte, daß das, was wie der eigene Wille der Sträucher erscheint, die Ausnutzung des Licht-, Luft- und Lebensraumes ist, den ihnen die herrschenden Kiefern belassen.

Hier auf der Halbinsel wird man ruhig, und über die Trotzgedanken, die man mitbrachte, legt sich eine Samthaut aus Stille. Mein achtzigjähriger Vater drückte das so aus: Wie konnte man hier Krieg führen? Man denkt, es findet überhaupt kein Mensch hierher.

Man fand aber hierher. Drüben, am entgegengesetzten See-Ufer, liegt immer noch das zerschossene Untergestell eines Kraftwagens und verwandelt sich nur langsam, langsam in grobes Gras und Farnkraut, und der Waldboden ringsum ist vom Eisenocker gefärbt wie vom versickernden Blut eines erschossenen Tieres . . .

20. August 1969

Bei Freunden

Ich bat um ein Mittel gegen Pferdehusten. Der Tierarzt und seine Frau baten mich ins Wohnzimmer, ich sollte die fünf Höflichkeitsminuten absitzen, eine Zigarettenlänge, sagten sie. Aber mein auf dem Vormarsch befindlicher Schnupfen verbot mir das Rauchen und ließ mir zugleich die Unsinnigkeit dieses halb süchtigen, halb kultischen Rauchinhalierens in der Verfremdung erscheinen.

Um mir den Rauch ihrer Zigaretten nicht ins Gesicht zu blasen, rundeten die Tierarztleute ihre Münder und bliesen wie aus zwei Strahlrohren den graublauen Rauch über meinen Kopf hinweg, aber hinter mir schlug er zusammen, ich hörte es fast, er sank, umging mich hinterrücks und drückte sich in meine Naslöcher. Die Höflichkeit der Freunde war zuschanden.

26. August 1969

Snobs

Hier im Innenland gaben sie vor, Geschmack zu besitzen, und sie ereiferten sich über Kitsch, doch wenn sie ins Außenland in Urlaub fuhren, schickten sie mir die bunt-bunten Ansichtskarten, und das taten sie nicht aus Ironie, wie ich erfuhr, nein, in diesem Falle waren ihnen die kitschigsten und die unwirklichsten Farben, mit denen die Landschaft auf Papier hinübergespiegelt werden kann, gerade recht, denn dort, wo sie sich aufzuhalten geruhten, mußte das Meer von helltintigem Blau und der Strand napfkuchengelb und die Felsen und die Berge moosgrün und der Himmel goldenblau sein, und sie, die sonst Naturverächter waren, nicht wie

Brecht, sondern wie Brecht-Schüler, schrieben allen Ernstes auf die Rückseite der farbverlogenen Ansichtskarten: Hier werden sogar wir zu Naturschwärmern. Schizophrenie der Snobs.

28. August 1969

Fischfieber

Wenn unser alter Dorffischer einen Fisch im Netz hatte, der ihm noch nicht reif erschien, und den er aus irgendeinem Grunde wiedersehen wollte, so biß er ihm ein Stück aus der Schwanzflosse. Die Flossen des Fisches wachsen nicht nach, sie verknorpeln an der Bißstelle.

Wenn die Fischnetze an den Jackenknöpfen des Fischers hängenblieben, so riß er die Knöpfe einfach ab, und er befand sich meist so im FISCHFIEBER, daß er mit den Knöpfen sogar Stoffteile aus seinen Jacken riß. Und so ging er umher, und es sah aus, als wäre er von Hechten angefressen, und als hätte er sich zeitweilig persönlich als Hechtfutter auf dem Grunde des Sees aufgehalten. Das sagte Eva jedenfalls. Denn auch die Ohrlappen des alten Fischers waren (wahrscheinlich von Frösten) *zerfranst.*

29. August 1969

Regen in Rheinsberg

Heute hatte ich eine der Wartepflichten abzuleisten, die einem Autobesitzer auferlegt werden. Der Motor sollte gewaschen und das Fahrgestell mit einer Schutzflüssigkeit gegen Rost eingenebelt werden. Der Autopfleger hatte mich für morgens neun Uhr bestellt. Es regnete. Es war ein ausgereifter Landregen, dem man morgens schon ansah, daß er sich für den Tag präpariert hatte. Die ganze Himmelstenne war mit Regenrohstoff gefüllt.

Was halfs, der Autopfleger hatte mich bestellt, ich mußte hin zur Pflegeanstalt und durfte keinen Anstoß daran nehmen, daß die Pfützen auf den Waldwegen die Einsprühung des Fahrgestells so gut wie annullieren würden.

Alles ist Rohstoff, tröstete ich mich, ein Aufschreiber muß aus einem Regentag etwas zu machen verstehen. Aber da war der Riesenschnupfen, schon über zehn Tage schleppte ich ihn umher.

Ich ging in den Rheinsberger Park, ein Gelände, das jener Friedrich der Zweite und seine Geliebten einst durchstiefelt hatten. Meine Unterkleidung und meine Haut waren durch Tierleder vom Regen getrennt. Um mich warmzuhalten, ging ich sehr forsch, und als ich zum sogenannten Amortempel kam, war ich erhitzt. Im zugigen Amortempel war die einzige trockene Bank schon besetzt, es saßen zwei Frauen darauf, und die rauchten. Es waren

Dreißigerinnen, die mir aussahen, als ob ihr erotisches Verlangen dem des Zweiten Friedrich glich. Ich tat, als ob mich die Tortenverzierungen am Tempel interessierten, machte ein fachmännisches Gesicht, schüttelte den Kopf und ging auf den morastigen Parkwegen weiter. Auf einer Wegstelle, die noch wenig durchfeuchtet war und grau schimmerte, weil sich über ihr die Kronen von Buchen, Linden und Eichen zusammenschoben und ein etwas unzulängliches Blätterdach bildeten, blieb ich stehen und hörte dem eintönigen Klatschen der Sammeltropfen zu. Ein otternasses Rotkehlchen war mein Nachbar. Es suchte umher und fand auch.

Mir wurde kühl, ich ging zurück. Der Amortempel war leer. Ich setzte mich auf die trockene Bank und streckte die Beine, um das nasse Hosenleder nicht auf den Knien zu fühlen. Hier war mein Visavis eine Schwalbe, sie war in den Tempel geflüchtet, saß oben auf dem Sims und trocknete sich. Manchmal sah sie zu mir herunter, und ich sah hinauf zu ihr, ich entdeckte dabei den patscheligen Amor, der, auf eine Holzscheibe wie auf den Dekkel eines Heringsfasses gemalt, den höchsten Punkt der Kuppel verunstaltete. Die Schwalbe war in ihrer Form ein Inbegriff des Fliegens, der gemalte Amor der Inbegriff des Niemals-Fliegen-Könnens. Er war ein gemästetes Kindlein mit stumpfen Flüglein, die Hechtflossen glichen.

Dann wars mir, als ob es heller würde, denn auf dem Rasen hüpften die Drosseln umher. Ein Zeichen, dachte ich, daß das Wasser über den Bäumen zur Neige geht. Ich dachte falsch. Das Wasser ging nicht zur Neige, die Drosseln hatten Hunger.

Ich ging noch einmal zu meinem früheren Standort, der geschützten Wegstelle, zurück, aber jetzt war auch sie aufgeweicht, und es gab nirgendwo ein Unterkommen mehr.

31. August 1969

Neotektonik

Ein Wort, das noch nicht im *Duden*, wohl aber in Meyers Neuem Lexikon steht, eine wissenschaftliche Benamsung also, ein Begriff, den nach dem oben angeführten Lexikon Obrutschew geprägt hat. Ein Begriff, wie es weiter heißt, für rezente (frische, das heißt in der Geologie gegenwärtig vorkommende, entstehende) tektogenetische (sich in der Erdschale abspielende) Bewegungen.

Der Geologe Koslowski ist, wie in einer Zeitschrift zu lesen war, dabei zu beweisen, „daß sich die Erdrinde in fest umrissenen Zeitabständen bald anhebt, bald senkt, daß sie gleichsam atmet".

Ich wußte bisher nicht, daß es eine solche Wissenschaft, beziehungsweise eine solche Hypothese gibt, aber vor reichlich einem Jahr schrieb ich in meiner Erzählung „Der Stein": „... Stare suchen hinter ihm nach Würmern, jenen lichtscheuen Versuchen der Erde, ihren Bewegungen zeitgerafft Ausdruck zu geben, denn ein Wurm bewegt und krümmt sich im Sekundentempo, was die Erde nur in einer Zeit, die für ein Menschenleben zu lang ist, andeutungsweise zustande bringt."

Die Hypothese der Neotektoniker beglückte mich, verführte mich zu dem Schluß: Die Phantasie überspringt den Bach, auf den Stab Beobachtung gestützt, mit einem Satz, während sich die Wissenschaft der im Bachbett liegenden Steine bedient, um Schritt für Schritt ans andere Ufer zu gelangen.

31. August 1969

Sie tragen das Leder

Eine Erinnerung

Schließlich wurde das Bergmannslied gesungen, und als alle offiziellen Strophen abgesungen waren, entstand eine Pause. Die musizierenden Knappen blinzelten zum Bergdirektor hinüber, der Bergdirektor stimmte die erste inoffizielle Strophe des Bergmannsliedes an mit dem Refrain: Und sie tragen das Leder vorm Arsch bei der Nacht ... Die Kapelle setzte wieder ein, die Kumpel sangen, und mein Großonkel stand neben dem Bergdirektor, und auch er sang, was das Zeug hielt: ... Arsch bei der Nacht ... Die Beamtenfrauen, die vorher so *feine Damen* herausbeißen wollten, sangen mit glänzenden Augen, und beim *Arsch* senkten sie die Blicke und verschluckten das Wort, um ihren Kindern kein schlechtes Beispiel zu geben.

In den nächsten Tagen wurde im Hause des Großonkels der Bergdirektor unaufhörlich gepriesen, weil er so volkstümlich wäre. Eine Bekannte kam, die sich nach dem Verlauf des Festes erkundigte, und die Großtante, die es mit einem Mal für unschicklich fand, auszusprechen, was der Bergdirektor gesungen hatte und hatte singen lassen, sagte zu der Besucherin: Sogar die Lederstrophe sang er, Sie wissen.

5. September 1969

Bienen

In der Schneise zwischen See und Hochwald stand der Bienenwagen des Genossenschaftsimkers. Es hatte am Morgen stark geregnet, die Luft fühlte sich noch feucht an, und es waren dicke Wolken in der Höhe, und in den Waldwinkeln lagerte Düsternis.

Im Imkerwagen waren zweiundvierzig Bienenvölker in viereckigen Beuten nebeneinander aufgereiht, und aus manchen Beutenschlitzen flogen, trotz der Düsternis und des regennassen Waldes, einzelne Bienen. Die Beutenschlitze waren wie schmale Münder, die von Zeit zu Zeit eine graubraune Biene ausspien, und die *Bienenkerne* flogen waagerecht in den Wald hinein, und sie fielen erst – wer weiß wo – im Heidekraut nieder. Aber das wars nicht, worüber ich mich an diesem Morgen wundern mußte. Worüber ich mich wunderte, war die Tatsache, daß die Bienen mit ihren doch fast schwerelosen Insektenbeinchen auf den Anflugbrettern vor den Beutemündern die Ölfarbe abgetreten hatten. Wenn man bedenkt, daß wir Menschen die Farbe im Hausflur, gleich hinter der Tür, mit unseren Zentnergewichten erst in Jahren abtreten, so kann man ermessen, wieviel Millionentritte von Bienenfüßen nötig waren, um an den Anflugbrettern ihrer Stöcke das blanke Holz sichtbar werden zu lassen.

15. September 1969

Der tote Sänger

Der Leichenzug kam aus den Wäldern, wie alles aus den Wäldern zu kommen scheint in dieser kleinen Stadt. Der Zug rann, einem Teerstrang gleich, in die kleine Stadt hinein und rann die Straße herunter.

Vorn im Leichenzug tragen drei alte Männer mit blauen Schirmmützen, unter denen graue Haare hervorlugen, ein Banner, das einmal rot gewesen sein muß, so rot gewesen sein muß, wie roter Samt rot sein kann. Jetzt ist dieses Rot von der Lauge der Zeit aufgehellt, und die mit Goldfäden gestickte Inschrift verrät, daß dieses Banner viele, viele Jahre versteckt gehalten werden mußte. Vielleicht in einer Holzlege im abgestorbenen Heidesand, vielleicht auf einem Hausboden zwischen Dachsparren und Bodenstubendecke, vielleicht in einem Kohlen- oder Kartoffelkeller, wo man es in eingefettetem Papier vor Mausverbiß, Schimmelpilzen, Fäulnissporen und dem Geschnüffel der arischen Geheimpolizei verwahrte. Die Inschrift auf dem Banner lautete: ARBEITERMÄNNERGESANGVEREIN VORWÄRTS.

Die drei alten Männer an der Spitze des Leichenzuges sind also Sänger. Sie singen jetzt nicht, die Musikkapelle nimmt ihnen die Mühe ab, aber vielleicht singen sie an manchen Abenden noch leise, wenn der Mond aufgeht. Der eine der alten Sänger trägt die dunkle Holzstange, an der das Banner hängt, die beiden Alten rechts und links vom Bannerträger (man bedenke, wie abgenutzt von Rednern und Zeitungsredakteuren dieses Wort ist!) halten je eine schwarze Kordel in der Hand. Die Kordeln verlieren sich oben im ausgefahlten Bannersamt. Sie haben dafür zu sorgen, daß der Wind das ausgeblichene Banner nicht zusammenweht und seine goldgestickte Inschrift unleserlich macht.

Der Leichenzug erreicht die Straßenhöhe, an der es nötig wird, eine Rechtsschwenkung zum Friedhofstor hin zu machen, das zwischen zwei grauen Häusern etwas nach hinten gerückt und unter großen Bäumen liegt.

Die Bannerträger erreichen die Höhe, an der sie abschwenken müssen, doch sie denken offenbar so stark an den Toten, daß sie es vergessen, der rechte Mann vergißt, auf der Stelle zu treten, und die beiden Alten links von ihm vergessen, ihren Gang zu beschleunigen. Es kommt Unordnung in die Marschformation. Die drei Alten werden vom hinteren Teil des Trauerzuges überschwemmt, sie werden leise, aber scharf von jenen, die sich für die Exaktheit des Trauerzuges verantwortlich fühlen, getadelt, und sie, die alten Männer, die anscheinend wirklich getrauert haben, müssen sich, wenn auch leise, die Worte *Mündungsschoner* und *Schütze Arsch* anhören, und sie schrecken auf wie aus einem Schlaf, und sie tappeln verwirrt mit dem Banner weiter, und alles das macht diesen Trauerzug zu einem besonderen Trauerzug. Der tote Sänger freilich hat nichts davon, er ist schon dort, wo menschliche Maßstäbe nicht mehr gelten.

17. September 1969

In Weimar

In der Innenstadt sind die Straßen für den Autoverkehr gesperrt. Man legt jetzt dort alles mit Steinplatten aus, es entsteht etwas wie ein großer unüberdachter Innenhof, eine Bühnenszenerie, das hat etwas Anheimelndes an sich.

Dort, wo die Straßen aufgerissen sind, wo man über die unverschalte weimarische Erde geht, verstärkt sich das Gefühl, vielleicht doch hier und da auf ein Sandkörnchen zu treten, das der bestrumpfte Geheime Rat einst unter seinen Füßen hatte.

Merkwürdig, daß man das Verlangen verspürt, außer den mannigfaltigen geistigen Kontakten, die man mit ihm hat, noch zu allem Überfluß so etwas wie einen körperlichen Kontakt oder *Rapport* herzustellen.

Aber in dieser Hinsicht gibt es keinerlei Sicherheit. Die Geräte und Möbel, die Goethe benutzte, sind vielmals restauriert, konserviert, einiges wurde von Würmern und Mikroben zerstört, anderes durch den letzten Krieg, den die *vernunftbegabten* Menschen veranstalteten. Goethes Handschriften in den Museen sind fotokopiert. Die Räume, in denen er sich aufhielt, sind erneuert worden.

Bleiben also die Bäume. Hat er zugesehen, als man die alten Eichen beim Gartenhaus pflanzte? Wenn sein Blick wirklich einen dieser „Zeugen" berührte, als der noch ein Bäumchen war, der Baum hat sich hundert Male verwandelt, keine seiner damaligen Zellen existiert mehr.

Ein bißchen *Sicherheit* geht von jenem Felsbrokken im Garten aus, von dem er selber bekanntgab, er hätte ihn umarmt, als er in tiefe Liebe zu einer Frau gefallen war.

20. September 1969

Die Drei Gleichen

Wir sahen uns das Raubritternest auf einem der Hügel an, die der Volksmund Die Drei Gleichen nennt, ich meine den Burghügel links von der Autobahn, wenn man nach Eisenach fährt.

Wir kletterten hinauf und wurden mit der Zeit konfrontiert, da einer von jenen HERREN mit seinem Heerhaufen vier Monate in den umliegenden Feldern (die damals sicher Wälder waren) lag, da er jene Burg also belagerte, weil er sie haben wollte, schließlich mußte er doch unverrichteterdinge abziehen.

Übrigens soll der abenteuerliche Graf von Gleichen Bigamist gewesen sein, Bigamist mit Erlaubnis des Papstes, denn eine Hand wäscht die andere: Graf von Gleichen war mit unter den Kreuzzüglern zur Eroberung des Heiligen Grabes. Moritz von Schwind, der Burgenromantik-Maler, hat sich auf dem Stich von der „glücklichen Heimkehr" des Grabstreiters sogar ein paar Kamele abgerungen, die wie Kreuzungen zwischen peruanischen Lamas und rehbraunen thüringischen Ziegen aussehen. Im Burgturm gibt es einen respektlosen Kupferstich, der den Grafen (allerdings im halben Harnisch) zwischen seinen beiden Frauen im Bett (auf dem Lager, heißt es) zeigt. Aber das nächste Jahrhundert, vielleicht jenes von August von Weimar, der vier illegale Kinder mit der Schauspielerin Jagemann zeugte, verwies die Bigamie des Grafen von

Gleichen in das Reich der Sage, und unsere Kulturbundleute tun das lieber auch, obwohl die Grabplatte des Grafen, die im Dom von Erfurt zu besichtigen ist, ihn *relieferweise* in Dreisamkeit mit seinen zwei Frauen zeigt.

Verschiedenartige Sonnabendsbesucher bevölkern den Burghof. Manche haben Klappstühle mitgebracht und lassen sich lesend bräunen oder bräunen sich lesend, andere streiten sich um die Tiefe des Burgbrunnens, der übrigens eine Zisterne war, die von Eseln aus dem Tal mit Wasser beschleppt wurde. Eine Frau in mittleren Jahren läßt sich auf die Bank im Burgturm fallen, sie scheint noch nach Jahrhunderten die Langeweile nachzuempfinden, unter der die Frauen des Grafen von Gleichen hier oben gelitten haben: Hätsch mar nur mei Strickzeich mitgebracht, seufzt sie.

21. September 1969

Sobald ich schreibend in diese Notizhefte krieche, fühle ich mich recht eigentlich wohl. Ich versuche in diesen Heftchen, Kieselsteinchen für Kieselsteinchen, die Welt so aufzubauen, wie sie sich mir darstellt. Es gelingt mir freilich nicht immer.

Es kommt nicht darauf an, daß wir ein Herumreiseprogramm bewältigen, sondern wichtig ist unser ungestörtes Zusammensein, die Gespräche, die bereits beim Frühstück beginnen und die wir, ungestört von häuslichen Verpflichtungen, fortsetzen und bis zu einem gewissen Resultat führen können. Im Auto fuhren wir bis zum Gebirgsrücken des Rennsteigs die sich schlängelnden Wege hinauf. Hirten, Boten, Holzfäller und Holzfuhrwerker drückten sie im Laufe von Jahrtausenden ins Gestein, und wie diese *Vorläufer* sie für günstig erachteten, so verlaufen sie noch heutigentags, nur daß sie mit Teer oder Bitumen ausgegossen wurden, und diesen Fortschritt forderten die Gummisohlen der Autos, die eine zu innige Reibung mit dem Urgestein übelnehmen und platzen.

Dörfer und Städtchen, die man bislang nur als Namen im Gedächtnis mit sich umherschleppte, werden zu Wirklichkeiten, die sich einem einprägen: Hier ein altes Stadttor, dort eine dom-artige Kirche, dann wieder ein baulich interessantes Schloß, schließlich ein Ort vor Schleusingen namens Schleusingerneundorf, der uns in vielerlei Hinsicht an das in einen Talkessel des Kaukasus hineingewachsene Städtchen Passanauri erinnerte.

Es überfiel uns große Lust, dort zu bleiben oder uns (später einmal) für ein paar Wochen dort einzumieten. Es ist ein Ort, in dem die Berge ihre Urherrschaft behaupten, Lage und Größe der

Gebäude, ihre geringen Ausbaumöglichkeiten, die Form der Vorgärtchen, selbst den Verlauf der Bahnlinie, auch die Viehhaltung, überhaupt das Leben aller Kreaturen, bestimmen.

In einer Gastwirtschaft aßen wir Bratwurst, deren Röstung auf Holzkohlenfeuer fast eine halbe Zeitstunde währte. In dem blonden gutgescheitelten Burschen, der uns mit halbstädtischem Wesen und abgeguckter Kellnerroutine bediente, sah ich mich plötzlich mit mir selber konfrontiert, mit jener Zeit, da ich in einem kleinen Badeort, als junger Konditor, im Kaffeehaus in einer Manier die Gäste bediente, die ich für weltmännisch hielt. Das Merkwürdigste aber war, daß nicht nur ich diese Assoziation hatte, sondern auch Eva, der ich aus jener Zeit meines Lebens manches erzählt hatte.

Und dieses nahe Beieinandersein war die schönste Erschütterung der Fahrt über den Rennsteig hinweg, und es war mir, als ob es der Glücksextrakt dieses Tages war, eines Tages, den wir ganz zwecklos und ziellos begannen.

23. September 1969

Park von Tiefurt

Als Anlage wirkt er wie eine zaghaftere Wiederholung des Parks von Belvedere. Aber was tut das, wenn man Bäume vor sich hat, die hundert Jahre und mehr daran arbeiten, ihre Eigenarten, ihre eigenen Arten in die Welt zu stellen, wenn man Wiesen vor sich hat, die sich dem genau Zuschauenden nie wiederholen und mit ihren Gräsern und Blumen komponieren und komponieren und Mannigfaltigkeiten entwickeln.

Auf einer Bank sitzen und nachsinnen, was eine kleine Spinne, die man vom Handrücken wischt, in die glückliche Lage versetzt, sich sofort mit einem Webfaden am verwehrten Ort zu verankern und sich an diesem Faden wieder hochzuhangeln und an den Ort, von dem sie verwiesen wurde, zurückzuklimmen.

Das Spiel von Haufenwolken beobachten, die über die gleißende Sonnenscheibe wischen und die uns wohltätigen Sonnenstrahlen eine Zeitlang für sich in Anspruch nehmen, während in einem der Entschluß reift, demnächst dem Geheimnis der Wolkenbildungen nachzuspüren und sich ein paar Wolkennamen anzueignen, um Formeln für die Übereinkunft mit seinen Lesern bei der Hand zu haben.

Dann die leichte Luft, überall die leichte Luft, die man seit Jahren in der Wahlheimat entbehrt, und nicht zuletzt das Gefühl, daß die so verbrachte Zeit sich irgendwo in dem, was man noch zu schreiben hat, zu Worte melden wird.

9. Oktober 1969

Tagebuch

Lange nicht eingeschrieben, so stehts des öfteren in Tolstois Tagebüchern. Es mutet naiv an. Der heutige Leser sieht doch ohnehin, daß Tolstoi da längere Zeit nichts einschrieb. Aber soeben spürte auch ich, nachdem ich eine Woche nicht eingeschrieben hatte, daß ich mit einer ähnlichen, naiven Entschuldigung wieder beginnen wollte. Entweder wird das Tagebuch in jener Zeit, in der man es regelmäßig füttert, zu einer Institution, die man sich selber schuf und vor der man glaubt, sich entschuldigen zu müssen, oder es handelt sich um Selbstgespräche von der Art, wie Greise sie führen.

8. November 1969

Nachrichten aus anderen Welten

Seit zwei Tagen haben wir Frost. Am Nachmittag zog ein langer Kranichkeil morsend in Richtung Südwest. In der Dämmerstunde flog ein einzelner Schwan in der Reisespur der Kraniche davon. War das der endgültige Schluß des Herbstes? Die Wildgänse geben keine bündige Antwort. Jeden Morgen, sobald es graut, erheben sie sich von einem der Seen und lassen mich wissen, daß sie noch da sind. Ich stiefele im nassen Gras durch den in grauem Halbschlaf liegenden Wald. Das gepardelte Fell meines Dalmatinerhundes leuchtet bald da, bald dort zwischen den Kiefernstämmen auf, wenn er mit der Nase den Morgenbericht über das Tierleben der vergangenen Nacht liest. Ich beobachte ihn, und es fällt auch etwas für mich von seinem Morgenbericht ab.

9. November 1969

Das runde Tischchen in der Diele unserer Berliner Wohnung hat Besuch aus Kaukasien bekommen. Es stehen Flaschen auf ihm mit gebranntem und ungebranntem Wein, mit Paprika und wilden Schlehen in Form von Adshika, einem Gewürz, das dir die Tränen in die Augen treibt. Daneben liegen Teepäckchen, groß wie Margarinewürfel, in Stanniolpapier, außerdem Granatäpfel und jene *Würste* aus dem Brei getrockneter Weintrauben, die mit Nüssen aus den kaukasischen Wäldern versetzt sind, und vorn, bereit zum Herunterhüpfen, geknäuelte Strümpfe aus der Wolle von kaukasischen Gebirgsschafen.

Unsere georgischen Freunde Nodar und Reso sind eingetroffen. Sie schleppten die schwere Tasche mit den Geschenken die ganze lange Allee vom Hotel Berolina in unsere Wohnung, wie die kaukasischen Hirten ihre Geschenke zu ihren Verwandten in die Hauptstadt Tbilissi schleppen.

Vertrautsein und Freundschaft wehte mit den

beiden ins Haus. Wir kennen ihre Sippen und Freunde, sie kennen unsere Verwandten und Freunde, und es sind nicht nur Höflichkeiten, wenn wir einander befragen.

12. November 1969

Hosen probieren

Ich probiere in der Umkleidekabine des Konsum-Bekleidungshauses am *Alex* neue Hosen an. Ich stehe in Unterhosen, und über mir aus dem Lautsprecher singt ein auf Schlagersängerin dressiertes Vorstadtmädchen: Du solltest wiedä Hochzeit machen, Freund, doch wenn, denn nur mit miä.

12. November 1969

Der Zahn

Einer meiner georgischen Freunde ging, als er noch etwas jünger war, in eine Tbilissier Poliklinik, um sich einen Zahn ziehen zu lassen, der ihn peinigte. Auch die Zahnärztin war jung, und die beiden sahen einander wohl zu tief in die Augen. Die Zahnärztin zog meinem Freund einen gesunden Zahn, und als das geschehen war, weinte sie. Mein Freund tröstete sie, wie man so tröstet: Keine Aufregung, das kann jedem passieren, was ist schon dabei, lirum-larum Löffelstiel.

Inzwischen ist mein Freund älter geworden, hier fehlt ein Zahn, und dort fehlt einer, und um zu beweisen, daß nicht alle Zahnlücken die Folgen seines Alters sind, trägt mein Freund den gesunden Zahn, den man ihm fälschlich zog, mit sich in der Tasche umher, und er zeigt ihn mir, und er zeigt ihn auch anderen.

24. November 1969

Ein wenig über Stendhal

Wir vergaßen an geeigneter Stelle zu erzählen ... so fangen Stendhals Sachen an, die ihm beim Schreiben einfallen, oder mit denen er etwas, was er für die Erzählung benötigt, zu kommentieren sich gezwungen sieht. So erzählt auch Goethe im „Wilhelm Meister", so erzählte Scott, die alten Romanschreiber wohl überhaupt. Auf keinen Fall lassen sie sich dazu herab, was für den Gang der Handlung sich nachträglich als nötig erweist, chronologisch einzuarbeiten. Sie gehen souverän mit dem um, was sie uns vortragen, und sie betonen damit, daß die Handlung nicht das Wichtige ist, was sie uns erzählen, sondern daß wichtig ist, was sie uns *beweisen* wollen.

Wir heutigen Schriftsteller, die man mancherorts abfällig die *konventionellen* heißt, sind bemüht, vor allem die Handlung ohne Lücken und ohne logische Verstöße herunterzuschnurren, und wir sind glücklich, wenn uns das so gelingt, daß uns auch der spitzfindigste Leser keinen *Fehler* nachweisen kann. Wir verwenden viel Mühe, vielleicht viel zu viel, auf den einwandfreien Bau einer Erzählung, und wir vergessen über der perfekten Konstruktion oft die wahrhaftige Aussage.

25. November 1969

November in der Kindheit

Eine Erinnerung

Das Tageslicht ließ sich, wie heute noch an Novembertagen, wenig sehen. Wenn wir unsere Schularbeiten gemacht hatten, war es dunkel, und wir saßen den Spätnachmittag lang, bis in den Abend hinein, bei einer blakenden Petroleum-Stall-Lampe auf der Scheunentenne, um den Wasserrüben (einer Art von Weißrüben) das Kraut vom Kopf zu drehen. Die Wasserrüben wurden bei uns als Stoppelfrucht nach dem Roggen angebaut, und sie waren die letzten Feldfrüchte, die hereinkamen. Das Rübenkraut durfte nicht abgeschnitten werden, die Weißrüben sollten in der Erdmiete keine Gelegenheit haben, zu faulen. Das Rübenkraut mußte abgedreht werden, und dabei bildeten sich bei uns Kindern, und wohl auch bei den Erwachsenen, zwischen Daumen und Zeigefinger der rechten Hand, von der Abdrehbewegung verursacht, gerötete Hautstellen, die schließlich zu Wasserblasen anschwollen, und die Blasen platzten mit der Zeit auf, und die rohe Haut wurde sichtbar. Wenn diese Wunden durch Fett oder Salbenauflagen über Nacht und in der Schule auch ein wenig heilten, so wurden sie am nächsten Spätnachmittag wieder aufgescheuert, und erst, wenn auch die sogenannte feine Haut durchgescheuert und das Handfleisch freigelegt war, wenn jede abgedrehte Rübe mit einem Blutfleck gestempelt auf den Vorratshaufen flog, wurde man vom Wasserrüben-Abdrehen befreit.

Der Großvater ging hinter das Scheunentor und urinierte auf die Stelle zwischen Daumen und Zeigefinger gleich, wenn sie sich zu röten begann. Ich aber schleppte die Abneigung gegen Novembernachmittage mit in meine Mannsjahre hinein, und ich muß meine Erinnerung an diese Kindheits-Novembertage mit steifer Arbeit verdrängen.

29. November 1969

Enttäuschung

Matthes entwickelt in letzter Zeit eine Vorliebe für Motoren. Er zeichnet Skizzen von allerlei *utopischen* Motorfahrzeugen. Eines Tages bittet er um die Erlaubnis, sich in Menz für fünfzig Mark einen gebrauchten Fahrradhilfsmotor kaufen zu dürfen. Die

Erlaubnis wird ihm gegeben. Fünfundzwanzig Mark soll er aus seiner Sparkasse entnehmen, fünfundzwanzig Mark soll er auf dem Hof und im Pferdestall abarbeiten.

Der Motor funktionierte nicht. Unser Freund, der Oberforstmeister, ließ ihn in seiner Motorenwerkstatt untersuchen. Der Motor war nicht *funktionsfähig*.

Matthes wollte den Motor seinem früheren Besitzer, einem Lehrling, zurückbringen. Der Lehrling nahm ihm den Motor nicht wieder ab. Gewiß hatte er das Geld längst verbraucht.

Es wurde dunkel, Matthes war noch nicht daheim. Ich fuhr ihn suchen. Ein flackerndes Fahrradlichtlein kam über den Berg der Menzer Chaussee. Der schluchzende Matthes mit der großen Förstermütze wurde sichtbar. Er hatte die erste Erfahrung mit der Unredlichkeit von Menschen gemacht. Er schluchzte und schluchzte.

5. Dezember 1969

Bredel und Brecht

Eine Erinnerung

Bei einer Aufzählung unserer Schriftsteller nach dem Alphabet folgt Bredel stets auf Brecht. Als ich mit Bredel näher bekannt wurde, fragte ich ihn, mit dem ich viele gute Gespräche hatte: Was hattest du früher eigentlich an mir auszusetzen, Willi? Du gabst mir manchmal die Hand so widerwillig und sahst mich nicht an.

Bredel überlegte eine Weile: Was kanns gewesen sein, höchstens, daß ich vermutete, du gehörtest zum Gefolge Brechts. Dann lachte er sein strahlendes kindliches Lachen und erzählte: Mit einer seiner *Hofdamen* ist mir doch in Spanien ein Ding passiert. Sie gab sich als dänische Reporterin aus und fragte mich, was ich von Brecht hielte. Ich sagte, schön und gut, er mag wohl ein großer Dichter sein, aber feige ist er, selber kommt er nicht her nach Spanien, er soll nur eine Geliebte aus seinem Harem hierher geschickt haben, um authentische Berichte über den Krieg zu erhalten.

Alles Weitere erstickte in Willi Bredels großem Lachen. Es schüttelte ihn, sein Bäuchlein sprang, sein Gesicht rötete sich, so daß man stets fürchten mußte, er würde in diesem Lachen tot steckenbleiben: Nun weißt du, ha, ha, ha, was ich gegen den Brecht, ha, ha, ha, und was der Brecht, ha, ha, ha, gegen mich, ha, ha, ha, ha.

5. Dezember 1969

Die Warnung

Eine Erinnerung

Halt dich so, daß du nicht ins Gered von drei Frauen fällst, die ein graues Kabinett sein, warnte mich Brecht: Frau Z., Frau U. und Frau B.

Ich kann behaupten, daß ich mich stets des Wohlwollens dieser drei Frauen erfreute, besonders des von Lilli B. Also muß ich umgekehrt auf sie gewirkt haben, wie Brecht auf sie wirkte.

5. Dezember 1969

Die holländische Limonade

Eine Erinnerung

Als ich Arnold Zweig im Namen des Schriftstellerverbandes auf einer Feier der Akademie mit der kürzesten Rede, die wohl je auf ihn gehalten wurde (sie bestand aus drei Sätzen), zum siebzigsten Geburtstag gratulierte, war er verblüfft, und da er kurzsichtig war (mit seiner Kurzsichtigkeit zuweilen auch kokettierte), fragte er seine Frau Beatrice: Wer spricht da? Ich blieb also stehen wie der wohlerzogene Sohn einer befreundeten Familie, der sein Hochzeitsgedicht aufgesagt hat, und sagte bescheiden: Hier sprach der Strittmatter! Da fing Frau Zweig an, mich für ihren Mann zu beschreiben: Aber, Arnold, das ist doch der Herr Strittmatter, der höfliche junge Mann, mit dem wir zusammen in Holland waren, der, der dir eine Limonade kaufte, als es im Omnibus so heiß war.

Ausflug nach Schönhorn

Die Kiefernnadeln sind mit Schnee überpudert, die Zweige sind in einen Eispanzer aus gefrorenem Nebel gehüllt. Die Waldwege sind übersät mit abgebrochenen Zweigspitzen, sie konnten die Last des gefrorenen Wassers nicht tragen und brachen wie Glas. Ihr Aufprall auf die schneeverkrusteten Wege befreite sie von der Schneelast, von dem Eispanzer. Nun liegen sie grün da, aber ihre Lebensquelle, den Baum, haben sie verloren.

Wir sitzen in der Försterei Schönhorn. Vor einigen Tagen ist dort die Hochzeit der ältesten Tochter durch die Stuben gewirbelt. Jetzt wird die Decke im Arbeitszimmer des Freundes erneuert. Alle Geweihe, Trophäen und Reiseandenken haben sich irgendwo auf den Hausboden verkrochen, nur das Telefon hockt wie eine Dohle, der man die Flügel stutzte, unter dem Maurergerüst.

Der Freund erzählt von der Hochzeitsfeier und vom Aufspüren einer Hauswasserleitung. Über den Hof stakt Paulchen, der neue Truthahn, und frißt dem Freund aus der Hand. Am Herd steht die Frau des Freundes und sengt die Leiche eines Hahnes, den wir als Gegengabe für Äpfel aus unserem Garten mitnehmen sollen. Auf dem Sofa liegen zwei Zellophanbeutel mit Walnüssen aus der Ernte von Schönhorn. In der Scheune ist hinter dem Auto ein neuer Ponywagen zu besichtigen, der mit gespreizter Scherendeichsel auf ein Pony wartet. Das Pony soll aus Schulzenhof durch die Kiefern- und Buchenwälder in die Scherendeichsel von Schönhorn hineintraben.

8. Dezember 1969

Este und die vierte Dimension

Zeitgenosse Este erhielt von einem Mann aus dem Sächsischen einen Brief. Der Schreiber teilte ihm mit, er schreibe, schreibe, verbrenne vieles, was er geschrieben habe, es bleibe aber immer noch genug übrig, seinen Freunden vom Geschriebenen etwas zukommen zu lassen, und ob er sich gestatten dürfe, Este eines seiner gereimten oder ungereimten *Kinder* zuzuschicken. Er schreibe allerdings, bemerkte der Briefschreiber, seine Eindrücke in der vierten Dimension.

Zeitgenosse Este antwortete ihm: Dank für Ihren Brief, ich fürchte, meine Intelligenz wird nicht ausreichen, Ihnen in die vierte Dimension zu folgen. Schreiben Sie und verbrennen Sie deshalb Ihr Geschriebenes ungeniert weiter. Sollte Ihnen jedoch eines Tages der Fehler unterlaufen, eine Seite in dreidimensionaler Prosa niederzuschreiben, so schicken Sie mir die zur Ansicht. Mit arbeitsfreundlichen Grüßen Este.

9. Dezember 1969

Hilflos

Ich weiß nicht, wie ich mich an das, was ich hier sichtbar zu machen gedenke, heranpirschen werde. Und doch soll es gesagt sein, spüre ich.

Da war die Schülerzeit. Ich hatte die lateinischen Vokabeln nicht gelernt, weil mir die Beschäftigung mit dem Leben wichtiger erschien als die Beschäftigung mit einer toten Sprache. Ich verschob das Vokabelnlernen auf den Abend, aber am Abend kehrten (glücklicherweise!) Freunde, junge Bergarbeiter und Glasmacher, ein, für die Latein eine Apothekersprache war.

Wenn die Freunde gingen, war ich müde. Ich legte mir das Lateinbuch unter das Kopfkissen, stellte das Weckerrad der altertümlichen Bauernuhr auf drei Uhr nachts, weil ich gelesen hatte, daß man mit ausgeruhtem Geist doppelt so schnell wie gewöhnlich lerne.

Wenn der Wecker rasselte, zog ich das Lateinbuch unterm Kopfkissen hervor und überflog die Vokabeln. Auch da hatte ich die Ausrede für mich, das Hirn würde, nachdem ich die Vokabeln nur einzeln überlesen hatte, sie sich einprägen, wenn ich weiterschliefe. Manchmal schlief ich schon während des Überlesens wieder ein.

Um fünf Uhr weckte mich zur Sicherheit der Großvater und fand mich oft eingeschlafen überm Buch. Ich aber gaukelte mir vor, ich könnte ja unterwegs auf dem Schulwege vom Fahrrad steigen und ins Lateinbuch sehen. Ich benötigte eine Stunde Fahrzeit bis in die Kreisstadt. Doch unterwegs interessierten mich meistens ganz andere Dinge. Der Sonnenaufgang etwa oder der Gesang und das Verhalten der Singvögel.

Dann war mein Trost, ich würde sehr zeitig vor der Schule eintreffen, wenn der Hausmeister aufschlösse, wäre ich der erste im Schulhaus und fände im noch stillen Klassenzimmer Ruhe und Zeit, mir die Vokabeln einzuprägen. Aber gewöhnlich blieb ich nicht lange ungestört. Die ersten Mitschüler erschienen und begannen irgendein Gespräch. Sodann waren mein Trost die Pausen vor der Lateinstunde. Und zuletzt blieb mir als Trost nur noch die Zeit zwischen dem Platzeinnehmen und dem Erscheinen des Lateinlehrers. Das war eigentlich die ungestörteste Minute oder Halbminute, denn dann überflogen fast alle Mitschüler noch einmal die Vokabeln. Wenn der Lateinlehrer aber bereits nach einer Viertelminute ins Klassenzimmer stürmte, blieb mir nur noch der Trost und die Hoffnung, daß ich nicht an die Reihe kommen würde, und als ich doch an die Reihe kam und eine Vier erhielt, tröstete ich mich damit, daß ich mein Leben und meine Lernmethode konsequent ändern würde. Doch es gelang mir nicht, den Vorsatz einzuhalten, und so erhielt ich meine Vier in Latein im Zeugnis und ging unter dramatischen Umständen von der Schule ab und tröstete mich mit der Vorstellung, daß ich schon ein mannbarer Bäckergeselle sein würde, wenn meine Schulkameraden dem Abitur entgegenschwitzten.

Nun wird vielleicht schon sichtbarer, was ich mit dem, was ich hier niederschrieb, verdeutlichen wollte – die Hilflosigkeit, in der man sich befindet, wenn das Leben einen auf den Weg lockt, auf den es einen haben will. Aber in diesen Bereichen lebt man nur von Vermutungen, es ist dort noch alles dunkel, es ist dort alles noch unerforscht.

10. Dezember 1969

Großmutter und die Sperlinge

Wenn es herbstelte und nebelte, schüttelte sich Großmutter: Ach, mir graut schon vorn Winter.

Bist du krank, Großmutter?

Krank nich, aber das verfluchte Sperlingsgeruppe.

An einem Sonnabend kurz vor Weihnachten war Großvaters Spatzenfangtag. Er kroch mit der Stall-Lampe auf den Heuboden und beklopfte und hinterstochte die Dachsparren und Dachbalken, und Spatzen flogen auf und flogen gegen seine Stall-Laterne, und wir Jungen mußten sie greifen und in einen weißen Leinewandsack stecken.

Von Zeit zu Zeit befühlte Großvater den Sack, und schließlich sagte er: Genung, der Tiegel is vull.

Beim Töten der Spatzen durften wir nicht zusehen. Großvater besorgte es in seiner Baukammer. Dann und wann prallte ein Spatz gegen das Baukammerfenster, und Großvaters Hand mit dem dikken Daumen erschien, um den Vogel wieder zu greifen. Manchmal aber flog der Spatz doch davon, und wir hörten Großvater fluchen: Der Deibel soll sich dir broaten!

Sodann begann, wovor es Großmutter schon im Herbst graute – das große Sperlingsrupfen. Wir Kinder hätten gern dabei geholfen, aber Großmutter war eigensinnig. Wir rupften die Spatzen nicht richtig. Sollte sie sich vom Großvater sagen lassen: Kleene Igel freß ich nich.

Großmutter zog das Kirchengesangbuch aus dem Kommodenfach, gab es uns hin und sagte: Singt mir was!

Wir sangen: Die Ernt ist nun zu Ende ... oder Ach wie flüchtig, ach wie nichtig ist der Menschen Leben! Wie ein Nebel bald entstehet und auch wieder bald vergehet, so ist unser Leben, sehet!

Während wir sangen, flogen Spatzenfederchen, zart wie Libellenfliegen, durch die Großelternstube. Ob man seine Mütze aufs alte Segeltuchsofa warf, oder ob man sein Halstuch vom Kleiderrechen nahm, nichts ließ sich ausführen ohne das Getümmel eines Spatzenfederschwarmes. Es war, als ob jedes Federchen mit dem Charakter der aufdringlichen Hofvögel ausgestattet wäre.

Wenn die Spatzen in ihrem Tiegel im Bratröhr aufkreischten, sagte Großvater: Seid stille, ihr hoabt eich bei uns gemästet!

Großmutter zog den Tiegel aus dem Röhr und überprüfte die Gare der gebratenen Spatzen. Die Spatzenleiber lagen auf dem Rücken im Tiegel, die Schenkelchen, wie Hilfe heischend, in die blaue

Bratluft gereckt. Ach, ach! sagte die Großmutter und hielt sich die Augen zu.

Denn mußte dir ooch bei Schweineschinken die Oogen zuhalten, tadelte Großvater sie.

Großmutter tat, als wären ihr Spatzenfederchen in die Augen geflogen, und sie sagte: Schweinsborsten fliegen dir ja ooch nich in die Oogen.

Wenn später der Tiegel auf dem Tisch stand und wir uns mit Großvater zum Spatzenessen niedersetzten, verschwand Großmutter. Wo willste hin, Alte? fragte der Großvater.

Schnell die Ziege melken!

Der Inhalt des Tiegels ging zu Ende, und Großvater zwinkerte uns zu: Die Ziege muß ja heite mächtig Milch hoaben.

12. Dezember 1969

Der Doktortitel

Eine Erinnerung

Als man sich mit dem Gedanken trug, Brecht wieder einmal auszuzeichnen, ließ man bei ihm anfragen, ob er den Ehrendoktor annehmen würde. Ich weiß nicht mehr, ob ihm die Berlau oder die Weigel die Anfrage vortrug. Seine Antwort war jedenfalls ein kräftiges, schnelles Ja.

Brecht wurde nicht Ehrendoktor, aber weshalb hat man bei ihm angefragt? Er ärgerte sich, und seine Mißgönner hatten ihre Freude.

Weshalb machte man Brecht nicht zum Ehrendoktor? Jemand muß es doch wissen, oder weiß es schon keiner mehr?

20. Dezember 1969

Vollwinter

Der Schnee quietscht unter den Stiefeln, die Türen schreien wie Gichtbrüchige, wenn man ihnen den Anstoß gibt, sich in ihren Angeln zu drehen. Die hellsten Nächte, die es gibt, sind die Schneevollmondnächte, wenn der Mond sein von der Sonne empfangenes Licht reflektiert und auf den gefrorenen Schnee wirft und wenn der es noch einmal reflektiert. Auf der Rhinbrücke zwischen Dorf und Vorwerk habe ich mir im Schnee, der sich hart wie Salz verhält, einen Standplatz ausgetrampelt. Dort höre ich dem Gesang des Wassers zu. Noch reicht die Kraft des Frostes nicht aus, das Wasser des Flüßchens zu erstarren, denn es kommt aus den warmen Moorgründen des Sees. Rehe und Hasen leben nur noch notdürftig und ohne Zeichen von Lebenslust. Aber der Bach singt wie an warmen Sommertagen und läßt nicht zu, daß die Hoffnungen ersterben.

30. Dezember 1969

Dichtung und Wissenschaft

Schopenhauer war eigentlich ein Dichter, man erkennt es an seinem stilistischen Schwung, an der Kühnheit seiner Gedanken, an seiner Sicht auf den Zusammenhang der Welt: Keine Ursache ohne Wirkung, keine Wirkung ohne Ursache: Der Spatz, der seine Federn putzt, tut es nicht ohne Ursache, nicht ohne Wirkung, nicht ohne einen wenn auch noch so kleinen Zusammenhang mit dem Weltganzen.

Schopenhauer machte seinen Wert als Dichter durch das philosophische System, das er uns hinstellte, fragwürdig. Dem wahren Dichtertum sind philosophische Systeme unzuträglich.

Auch Nietzsche, der sich eine Zeitlang als Schüler Schopenhauers sah, war vom Urtalent her ein Dichter.

Große Dichtung kommt nie ohne Philosophie aus, aber sehr wohl ohne philosophisches System. Jeder Wissenschaftler sucht seine Erkenntnisse unter das Dach eines Systems zu bringen. Während die Systeme der Wissenschaftler aber veralten, blieben die Wahrheiten, die die griechischen Tragödiendichter aus dem Leben kelterten, gültig und gelten bis in unsere Zeit hinein.

Goethe war groß, weil er in der Wissenschaft nicht weniger zu Hause war als manche seiner Zeitgenossen, die sich Wissenschaftler nannten, und weil er trotzdem der Wissenschaft nicht gestattete, über sein Dichtertum zu herrschen. Deshalb lebt er unter uns, während die *Kronen*, die den *Wissenschaftlern* seiner Zeit aufgesetzt wurden, längst verrostet sind.

Tolstoi wäre nicht groß, wenn nur sein religiöses System, nicht aber seine Romane und Erzählungen auf uns gekommen wären. Er war sein Leben lang als Dichter gefährdet. Es lag beständig ein System auf Lauer, seine Größe als Dichter zu verschlingen.

Thoreau, von dem ich nur ein Buch kenne, hielt sein Dichtertum hoch, obwohl er alle ihm zu Gebote stehenden wissenschaftlichen Erkenntnisse beim Schreiben verwandte; aber er verwandte sie so, daß sie die Poesie nicht erstickten.

Ich rechne Emerson zu dieser Art von standhaften Dichtern. Auch ihm diente die Wissenschaft, das Primat des Künstlers zu beweisen. Ihn nicht als Dichter gelten zu lassen, weil er *nur* Essays schrieb, erscheint mir so unsinnig, wie wenn man einem Manne, der nur Romane schrieb, das Dichtertum absprechen würde.

Walt Whitman nahm in seinen „Grashalmen" bald einen wissenschaftlichen, bald den Standpunkt des Dichters ein. Er zeigt die Welt hier wissenschaftlich analysiert, dort in synthetisierender Zusammenschau und legt schließlich doch das Gramm, das zum Überwiegen gehört, auf die Waagschale des Dichters.

31. Dezember 1969

Silvester

Gegen Nachmittag wurde es still im Hause, die Sonne schien, und die Kälte klirrte. Ich longierte die Pferde, und dann nistete sich die Familie zum Empfang des neuen Jahres in der warmen Kate ein. Es war das ruhigste Silvester seit Jahren, vor allem für Eva, die sonst Besuch aller Schattierungen bewirtete und nicht bei uns sitzen konnte. Um zehn Uhr war ich mit Assan draußen unter den Sternen. Ich sah Vergnügungsraketen in Rheinsberg aufsteigen. Ich sah sie über die Waldwipfel hinweg. Sie schienen sich vor Kälte zu schütteln und hatten es wohl eilig, als leere Hülsen in die Straßen der kleinen Stadt zurückzufallen. Auch aus dem Dorfe Dollgow kamen jene Luftschwingungen herüber, die das Ohr als Knall empfindet. Knallende Punkte hinter dem letzten Satz des verflossenen Jahres, aber was ist ein Jahr, noch nicht einmal ein Wort, geschweige ein Satz im großen Lebensroman.

Nachwort

Als Sohn Matthes drei Jahre alt war, begann er mit den Waldarbeitern *in den Busch* zu gehen. Sein Waldleben begeisterte ihn zu Erzählungen: „... und wir machten ein Feuer und brieten den Hasen ..."

„Worauf habt ihr den Hasen gebraten?"

„Auf unserer Platte aus feuerfestem Asbest!"

Die Erzählungen waren konkret, aber *ausschweifend*. Matthes verteidigte sie: „Es sind wahre Geschichten!"

Im Winter 1967 las Erwin Strittmatter gelegentlich aus den Erzählungen vor, die später „Romane im Stenogramm" genannt wurden. Matthes schrieb auf ein Blatt „Geschichten aller Ard" und überreichte es dem Vater als Titelvorschlag. Er ging im zweiten Jahr zur Schule, und auf den orthographischen Einwand des Vaters malte er in Klammern ein t hinter das d. Das *Dokument* existiert noch im *Archiv*.

„Wahre Geschichten aller Ard(t)" mutete uns zutraulich an, als wir diesem Buch einen Namen geben wollten; es enthält *wahre* Erzählungen und Gedanken, die sich auf Wirklichkeit richten oder ausgehen von ihr.

Das Buch aber entstand so:

Seit drei Jahren kam im Gespräch mit unseren Verlagsfreunden die Frage auf: „Was machen wir zum SIEBZIGSTEN?"

Vor Erwin Strittmatters 60. Geburtstag hatten wir schon einmal ein „Fest- und Feier-Buch mit Stimmen von Freunden und Fachleuten" abgewehrt. Solche *Nachrufe* zu Lebzeiten lieben wir nicht. Jetzt fielen uns zwei handschriftliche Bücher von Erwin Strittmatter ein, die „Selbstermunterungen" heißen, und wir meinten, man könnte von diesen Aphorismen vielleicht etwas drucken zum *Jubiläum*. Aber der *fanatische* Verleger Günter Caspar konnte sich nicht halten und hat die „Selbstermunterungen" schon 1981, und nicht nur in Auszügen, veröffentlicht.

Nun war wieder nichts da, und wieder begannen Gespräche: „Was machen wir zum SIEBZIGSTEN?"

So eine Art Katalog mit Bibliographie sollte es wenigstens werden, wenn schon der „Laden", an dem Strittmatter seit drei Jahren schreibt, nicht fertig werden würde (aus purer *Bosheit* wollte Strittmatter nicht fertig werden, er wollte nicht in Versuchung kommen, dieses Termines wegen zu *eilen*).

Ich hatte versprochen, für den Katalog unveröffentlichte Texte zu suchen, denn ich erinnerte mich, daß es eine achthundert Seiten starke Maschinen-Abschrift des Tagebuches 1968 gibt. *Aus Spaß* hatte Erwin Strittmatter vor ein paar Jahren abends auf Band diktiert aus den „Groschenheften", in denen seine Aufzeichnungen stehen, vom Band hatte sie Frau Z. in Berlin *zwischendurch*, in Roman-Arbeitspausen, abgeschrieben. Das Manuskript hieß „Ein Jahr meines Lebens", und es würde vollständig, aus vielerlei Rücksichten, vorläufig nicht zu drucken sein. Sowieso war es nur Teil eines größeren Ganzen.

Strittmatter hatte seit seiner Kindheit zuzeiten Tagebücher geführt. 1954, als wir nach Schulzenhof zogen, begann er kontinuierlich in *Zehnpfennighefte* zu schreiben, wie Schüler sie für Vokabel-Sammlungen benutzen. Seither hat er das Tagebuch nur selten unterbrochen, ein- oder zweimal in der höchsten Anspannung des Romanschreibens. Mit den Jahren hatte er eine Art *Stilisierung* gefunden beim Notieren von Erlebnissen und Eindrücken.

Ich sage das, so weit ich das Tagebuch kenne. Ich kenne es nur von Vorlesungen oder von Auszügen, die er gemacht hat, um sie für andere Bücher zu verwenden. Auf die Tagebücher gehen schon „Pony Pedro", „Schulzenhofer Kramkalender", „$^{3}/_{4}$ hundert Kleingeschichten" und ein Teil der Romane im Stenogramm „Ein Dienstag im September" zurück. Das Tagebuch *an sich* und als Ganzes ist Strittmatters *Geheimwelt*, jene *innerste Existenz*, die jeder Schreibende braucht. (Eigentlich brauchte sie jeder Mensch, und ich begreife nicht, wie man in Familien leben kann, die kein *Briefgeheimnis* kennen.)

Eines Tages wird jemand diese *Geheimwelt* öffnen, wird den Weg nachgehen, den Erwin Strittmatter seit nun fast dreißig Jahren gegangen ist. Er selbst wird nur gelegentlich hineinsehen, einen *Jahrgang* herausgreifen, sich erinnern und sich wundern, wieviel man vergißt, von dem man glaubte, es hätte sich dem Gedächtnis eingeprägt, für immer. Ganz wird er die „Tagebücher“ nie lesen, er hat nicht die Zeit, er muß *produzieren*: Romane, Erzählungen, Tagebuch, denn das Tagebuch geht ja weiter. Bis jetzt, so hat er errechnet, gibt es etwa sechzehntausend Schreibmaschinen-Seiten von diesem Tagebuch. Außer dem „Jahr meines Lebens“ von 1968 ist alles noch Handschrift in „Groschenheften“.

Als ich für den Katalog einen oder zwei unveröffentlichte Texte suchte, schien mir, man könnte doch eine Sammlung von „Tagebuch-Geschichten“ machen, damit der Verlag zu seinem *Jubiläums-Buch* kommt, zu einem ähnlichen, wie Erwin Strittmatter es bei seinem 60. und beim 65. Geburtstag hatte: ein Bändchen, das *er* seinen Lesern *übergibt*.

Zum 60. war es „Die blaue Nachtigall“, deren erstes Exemplar unsere Freunde vom Verlag am Geburtstagsmorgen nach Schulzenhof brachten, zum 65. „Meine Freundin Tina Babe“. Nun sind es die „Wahren Geschichten aller Ard(t)“.

Wir haben nur *hineingegriffen* in die Tagebücher, recht willkürlich, es hätten auch andere Jahre und andere Geschichten sein können.

Aber die Lebenszusammenhänge sind da, und die sollten beim Tagebuch wohl noch sichtbar sein. Es waren wichtige Jahre für Erwin Strittmatter, Jahre der Erkenntnisse, Krankheiten, Umbrüche, Reisen – nicht gerade leichtestes Leben.

Eva Strittmatter

ISBN 3-351-00285-8

5. Auflage 1990
© Aufbau-Verlag Berlin und Weimar 1982
Einbandgestaltung Heinz Hellmis
Fotosatzherstellung (140) Druckerei Neues Deutschland, Berlin
Druck und Binden
Graphischer Großbetrieb Pößneck GmbH
Printed in the German Democratic Republic
Lizenznummer 301. 120
Bestellnummer 612 783 2